明
室
Lucida

照亮阅读的人

无尽与有限

36岁当妈妈

荞麦 _著

北京联合出版公司
Beijing United Publishing Co.,Ltd.

目 录

作者序　　　　　　　　　　　001

第一部分　旋涡

软弱的决定　　　　　　　　　009
私人战争　　　　　　　　　　023
被公开的身体　　　　　　　　039
育儿困难　　　　　　　　　　051
　"你完全失败了"　　　　　　051
　不会睡觉的小孩　　　　　　057
　吃饭也不行　　　　　　　　072
　教育的挫折　　　　　　　　080

第二部分　身份

迷失的女人	093
酷妈妈	111
"超我"体验	127
新问题	141
宛如同学	155
两条河流	163

第三部分　激情

当我们谈论育儿时	181
物的焦虑	191
诱惑的俘虏	199
当女性主义者生了一个男孩	207
与"父亲"战斗	221
不完全的大人	233
投掷深情于虚空	245

后　记	259

作者序

36岁时我生下了自己的小孩。

这句话此时看来如此简单又确定,甚至显得轻松。如果我反复看这句话,会觉得周围一切都越来越沉重了。

应该做一个决定了:生,还是不生?但这个决定到底是好的还是坏的,是正确还是错误,则在之后的生活中不断被审视、被质疑、被推翻……然后又重来、反复,变成了一个伴随着生命变化、没有尽头的疑问。

女人拥有的时间是那么少,上学、工作……都不是自由的。随着年龄增长,心智变得成熟,有一种渐渐掌握人生的感觉。我们这些人,都在30多岁时手上有了点钱,有了点事业,有了点掌握人生的感觉。男人运动、创业、买新款汽车和电子产品、搞外遇……

女人眉头紧锁，聆听着来自生命的最大威胁：生，还是不生？

女人想要工作、生活、爱情，与此同时也可能想要一个或者几个孩子。男人或许想要同样的东西。但女人和男人为此付出的代价截然不同。女人总是被迫在几样中做选择，而男人却不必，他们全部都要，而且全部都可以要。

我生下了小孩。感觉是向什么东西认输了，感觉向什么奉献了我本来不想双手捧出的东西。

从那时开始，我的生活当然发生了变化。刚开始这种变化没有太过激烈，而是因为某种确定感而显得宁静、舒缓，是一件大事被完成之后的放松。后来，这变化像是涟漪扩散开来，它渐渐开始变得更为宽广和复杂，深入到了生命深处。

在生下小孩好几年之后我才明白，很多时候，女人的生育并非一个自然的决定。决定生育可能是为了别人；决定不生育可能是为了反抗别的东西。我们不知道如果在真正放松的环境中，生育到底是怎样的一件事。我们在顺从或者愤怒中做决定。

有一天晚上，我忽然想，应该把这些都写下来。

写下一个本来不想生育的女性如何决定了生育、经历了生育，以及生育之后面对了什么，感受了什么，思考了什么。写下抛开社会的规训、历史的迷雾和母爱的神话之后，作为女性本身的私密体验是怎么样的。

从身体到心灵，生育是对女性一次彻底的重建。我带着不甘的心情怀孕，迎来身体的痛楚与转变，进入从不知晓的旅程，与小孩在爱与挫折间不断磨合……从自我到家庭再到社会，我重新摸索。

这本书里没有确定的答案，也谈不上什么知识，而尽是无知、挫折与和解的过程。但我可以告诉你究竟发生了什么，以及一切是怎么发生的，我会试着讲述那些隐秘的甜蜜与困难。我失去了什么，又得到了什么。生了小孩之后，我不只是对小孩，而是对人类有了更多的认识。小孩把我跟他人、跟社会，更紧密地连接在了一起，改变了我观看世界的方式。

更重要的是，生小孩这件事，让我更加理解了"女性"这一性别。在这之前，我认为自己仅仅是一个"人"，可以通过个体的努力，摆脱性别的问题。但生育之后，那些专属女性的东西扑面而来，我不能再装作看不见，或者不知道。

生育会令女性成为一个新的人。她可能会放弃以前最在乎的东西，关心以前从不关心的东西。她的想法从这边换到了那边，她从女儿变成了妈妈，这种转换几乎是决定性的——她在世界上的位置转变了。她不得不付出，不得不承担，也不得不接受。同时，她也将创造一种新的关系，面对一种新的感情。

在我当了妈妈之后，我才知道"妈妈"这两个字究竟是什么意思。我们赋予妈妈太多面貌，不断重新描摹这个身份。妈妈伟大吗？妈妈需要这么伟大吗？妈妈不需要伟大，但妈妈确实很伟大，因为妈妈在与一切战斗，与男性、与家庭、与社会、与自我……

当了妈妈之后，原本漂浮在生活表面的我，被直接拉到了河流之中，我慢慢睁开眼睛，看到了水面下正在发生的一切，并真正感受到了水的温度。生活之河以前所未有的密度穿过了我。那一切，是那么地无尽，无论是责任还是爱。那一切，又是同样地有限，无论是责任还是爱。我承担了无尽，也承认了有限。无尽与有限缠绕，新我与小孩一起诞生。

我总是想起，大概16岁的时候，一群女生在操场上玩。我们是一个重点中学的学生，是抱着雄心壮志,对未来充满幻想的人。那天不知道是谁忽然问:"你们以后会生孩子吗?"我躺在草坪上,看着天空,对这个问题感到匪夷所思,说:"怎么可能?"所有人都笑了,觉得非常荒谬。一切离我们那么遥远,那么不可想象。就像天边的浮云。

第一部分　旋涡

人，理智但没有执行力，坚定又软弱。而旋涡却既强大，又无处不在。我当时还不知道，这仅仅是旋涡的入口。

软弱的决定

与其说是想得到什么,不如说是对自己将失去什么感到好奇。

六月的上海,雨与阳光交织,人们不知如何是好。我与朋友们约在川菜店见面,既然是吃饭,大家就都准时到了。我们的平均年龄超过了30岁,或许差不多要到达35岁了,说是或许,是因为我们都刻意忽略了自己的年龄。长时间的遗忘之后,对关于年龄的提问我经常无法回答。你多少岁?这个简单的问题我得算一下才能知道。虽然年纪不小了,却还是一群耽于青春的人,记者、编辑、作家……这样的职业,不免容易沉溺于虚构的生活,对现实的生活缺乏把握,总有迟了一步的感觉。在场的除了我之外,均没有稳定的伴侣关系，都是单身。

"这个菜真好吃。""这个也好吃。"这竟然成了饭桌上出现频率最高的话。我们也谈了些别的，比如谈论了一个单身朋友最近的八卦：在朋友婚礼上作为伴娘与作为伴郎的男人相遇，怎么都很像浪漫的开始，结果却满是障碍和失望。但她挥了挥手，不肯细讲，因为我们都在拿她开玩笑。又谈了下午来给作家朋友拍照的、来自柏林的摄影师，非常英俊而快乐。不知道为什么，总觉得别国的同龄人还在过着多姿多彩的生活，而既不自由也没有在过传统家庭生活的我们，究竟是在寻求什么呢？这个疑问仿佛飘浮在空气中。

我们都感到了疲倦。吃饭的时候很开心，要延续这种开心其实又很难。大家开始讨论之后去做什么，气氛很热烈，但能感觉到一种缓慢升起的尴尬。"去喝酒啊！"虽然也没人反对，最终却一起走进了一家咖啡馆。晚上九点多，咖啡馆已经没什么人，冷萃咖啡也卖完了。最后，每个人竟然都点了热茶，像一群老年人。

在冷冰冰的大厅中央，我们围坐在咖啡桌边，进入了社交活动的尾声，每个人都在思考怎么说出那句："那我先走了。"

想起大概前年来上海的时候，一群人走很远的路，喝酒喝到凌晨两三点，还跑去吃宵夜。那个时候大家好像还没有这么疲惫。这种疲惫也不知道是从哪里来的。

每当这个时候，我就会想，以后的人生到底应该怎样呢？

虽然见到的都是亲密的朋友，但有件事我没有跟任何人说起：在半年前，我放弃了避孕。压力来自我的父母，还有日渐增长的年龄，以及一种难以言说的焦虑。

在这之前，我从没犹豫过。我不想生小孩，生小孩不在我的人生计划中。我跟伴侣在一起已经差不多七八年，自认为不是传统的关系，也就是说，我们并非为了结婚和生育才在一起，不是为了实践传统的主流生活才彼此承诺。不想生小孩在当时并非为了任何理念，或者有关于人生的明确计划，只是自然而然。30岁这个节点完全没有干扰我们，一切风平浪静。32岁左右父母开始有点急了。我们当时说好了，在生育这件事上，各自应付自己的父母。不知道是伴侣的父母较为放松，还是更加顺从，我确实没有过多感受到来自他们家的压力。但我的父母极度焦虑，尤其是我妈妈，不仅在晚上打电话对着我哭泣，见面时还猛掐我伴侣的大腿，问他为什么不催我生孩子，不让我生孩子，不配合我立刻生孩子。他们对我感到恼怒，对他感到愤恨。亲戚聚会吃饭的时候，家族中的每个女性都在劝我，都在问我为什么不生孩子，都在同情和诉说我父母的处境（父母心里难过，周围舆论压力也很大），好几次我差点愤而离席。与父母以及周围的环境角力了几年，我疲惫不堪。

与此同时，我和伴侣的生活正变得固定又重复。我们在郊区买了一套房子，大部分时间宅在家中。那一带当时还没完全开发，小区周围就是菜地，公交车都无法直达。每天没有什么有趣的事，也没什么出门的动力。我们变成了困在郊区生活里的人，就像理查德·耶茨笔下那些迷惘而绝望的夫妇一样。虽然经济条件有些好转，拿了一些版税，还卖掉了一个影视版权，甚至还有了一些广告费。但这些钱并不足以对生活造成什么重大改变，不够恣意地出国旅行，也不够彻底辞掉工作。生活变得无法前进，进入了一个懒散的阶段。这个阶段没什么不好的，甚至可以说是一种享受，但如果一直沉溺其中，恐怕是对时间的浪费，一种彻底的虚度。

最重要的原因是我不愿意承认和面对的：对备孕的妥协最终是来自对自己事业的失望。作为一个内心渴望成为作家的人，我的长篇至今没有能够完成的迹象，短篇小说写得不够精彩，书卖得也一般。从25岁出版第一本书开始，已经过去10年了，我并没有在这个行业里找到自己的位置。

在漫长的写作时间里，我都在写被某些人戏称为"咖啡文学"的东西，这个称呼让我感到恼怒。一男一女在咖啡馆里闲聊的故事，没人觉得有趣。年轻文艺女孩的忧愁，我自己写得津津有味，但无人关心，别人觉得那是"为赋新词强说愁""无病呻吟"。

我的现实生活风平浪静，也可以说乏味无聊。而且因为某种逃脱了世俗生活的幸运，我反而陷入一种新的空虚：没有太多生存压力，跟伴侣之间风平浪静，没有婆媳关系要处理，生活中也没有戏剧性的冲突在发生。我能想象到的故事，都像轻盈的雪花，来去不知所终。真实世界里的时代、阶级、谋杀、痛苦……那些宏大或者强烈的词语滚滚向前，懂得描述那些的人获得了关注与成功。而我对那些不仅一无所知，而且还刻意回避。写作不像是我投身的事业，更像一种"生活方式"。我维持写作仿佛只是为了维持一种与生活的距离，维持一种身份。不真正关心世界、不真正投入生活的人能够写出有力量的作品吗？我甚至都没能思考到这里，只是陷在巨大的失败感里，不知所措。

失望笼罩着我。这也是我跟世界之间的隐喻：如果我能找到属于自己的位置，或许就能抵抗更多的虚无。

就在前一年，我在工作场合偶遇了曾经非常仰慕的男作家。二十世纪六七十年代出生的前辈有很多选择了不生育，生活的浪潮在年轻时恰好将他们推上了高处，让他们认为大的变革正在发生，因而无暇他顾，对私人生活相当漠视。但是几十年后，他们并没有获得想象中的成就，而是不断面临着挫败。不知道为何，我感觉他们脸上存在着荒芜的遗迹一样的表情与空间。那一刻，我被这种荒芜以及荒芜的可能性给吓到了。

但很久之后我才意识到，我观察了男性而没有仔细观察同阶段的女性。男性如果无法在社会上占据拥有权力的位置，脸上就可能显露这种荒芜的气质。而女性并不一定会如此。我后来才想到，这种荒芜可能跟生育一点关系也没有，是我出于某种恐慌将它们联系在了一起。

"要不生个孩子？"在停滞与失望中，唯一能做的事，或许就是带着一种自我放弃的心情进入主流生活。而顺流而下的决定又是多么容易。在死水微澜的生活中，我能想到的可以拯救乏味、枯燥、重复，并且彰显自身存在的办法竟然是——生个孩子。

在很多人眼里，生育是某种绝望的产物。有一位朋友曾问我："人们究竟要多么绝望才会去生孩子？"

生孩子是对自我的某种放弃。这句话即使不完全正确，也至少揭示了一部分的事实：替自己的身体、生活找一个强有力的、被世俗所认可的奉献对象，是因为自我早已没有出路，再往下仅仅是虚度。那不如找一个替代之物，被神和人共同认可的：一个孩子。纯洁又虚弱。必须要依靠你生活，又从你自己而来。他既是你的一部分，又是你的主人。他像是一个新的生活之神。

不做自己的主人，而寻找一个从自身而来的新东西做主人。这个念头是多么有趣，而且富有启发？我们既放弃了自我，同时又可以说是在坚持、重塑自我？这既可以说是一种后退，同时又是一种进步？

到了35岁，事实上，放弃感已经变得不那么强烈，因为我自认为可以放弃的东西已经不多了，或者说，我已经失去了太多，剩下的太少。

有朋友竭力劝我生个孩子，她对我说："这个世界上，仅有两样东西我觉得真正是属于我的，一是我写的东西，二是我的孩子。"

这个理由对我来说很有说服力。这个世界上，还有什么是我们自己的？没有什么是真正属于我们的，除了我们自身独立创造出来的东西，只有那才是无法被取代的。一旦创造，也就为其签了名。我们或许没有办法决定它的命运：卡夫卡不希望公开的手稿还是被公开；孩子可能长大去往外地，一年只能见一面。但无论如何，它还是在某种程度上永远属于我。这难道没有吸引力吗？

于是我们抱着"不妨一试"的心情，不再避孕了。然而也没有进行多么认真的计划，我既不测体温，也不查排卵期。一切顺其自然。这样过了五个月，毫无动静。每次来月经时，可以说我有点失望（也不知道是为什么，好像是对自己身体能力的失望），同时又很高兴很放松。

这段时间我既盼望那件事发生，又非常惊恐。我后来跟朋友聊起，觉得一直没有怀孕，是因为我的身体潜意识在排斥怀孕这件事,还没有真正接受"成为妈妈"这个可能。

但在上海与朋友们待在一起,我又感到了一种时间无情流逝带来的庸常与疲惫。难道以后的生活也不过如此了吗?不再有什么激情,也鲜少有快乐,只是无聊而空洞地反复。此时我也不禁会想:"或许生育是个不错的主意。"因为就算不生孩子,我也并没有获得什么精彩、有益的人生。

从上海回来之后,在很奇特的身体感受中,验孕棒上出现了两条红线。我惊讶又恍惚,命运忽然展现了它不可获知的一面。那一刻,我失去了一切感觉。我甚至不记得上一次性生活是什么时候。胚胎像是从天而降。

得知自己怀孕之后,第一件事当然是去医院,确定怀孕的事实,看胚胎是否乖乖地在子宫里。然而我知道这一切毫无悬念。

试纸的准确率是很高的,但还是要去医院,没完没了地排队,从这个窗口到那个窗口,茫然无措。

做 B 超需要大量喝水,排队的人挤在窗口,护士脸色难看。第一次做的时候,喝水量不够,只好等到下午。中午只能在医院坚硬的椅子上无聊地等待,仿佛报复一般,我又喝了太多的水,憋得差点晕倒在护士面前。还有五分钟开门,这五分钟简直是我人生中最漫长的五分钟。带着一泡感觉随时要尿出来的尿,全身都疼,受不了了,憋不住了。我在门口呼喊:"到底什么时候开门啊!"还有几个跟我情况相同的女性,也在捂着肚子呼喊。

想想就在前几天,我还装模作样穿着裙子,化着妆,谈天说地,在上海的街头闲逛。现在我却要被尿憋死,在医院混乱的人群中,毫无尊严,或者说脑海里根本没有尊严为何物的概念,捂着肚子扭曲着脸,趴在护士桌上央求哪怕早一分钟开门。

确认怀孕之后,刚开始并不顺利。我总感觉哪儿不舒服,总担心哪儿有问题。怀孕初期一切都很动荡不安。我开始少量地出血,被医生要求卧床休息。从科学的角度来说,如果胚胎健康的话,那么它就能克服困难生存下去;如果胚胎本身不健康,那么卧床也是没用的。但医生大概是为了回应期待,提出让我最好一动不动、平躺的要求。

夏天真正地到来了。天气变得炎热,所有负面情绪都涌了上来。我在床上躺了一会儿，难以忍受，便去沙发上继续躺着。

从窗户看出去，除了前面的房子，其他几乎什么都看不见，就好像我被困在了某个凝固的空间与时间里。我不知道自己到底在看什么，也不知道自己在干什么。我感觉自己在后悔，但我也不想为这种后悔去做点什么。我私下会偷偷想："如果这次遇到问题就算了。"我做好了这次怀孕可能不会顺利，甚至终止的准备，也准备从此以后再不尝试。与此同时，我又在祈祷："希望一切顺利，不要出现问题。"

有一天晚上，我经历了一次较大的出血，我们迅速赶往医院。我还记得黑暗中沉重的脚步，月亮照出我们低着头的影子。我已经分不清楚，是出血让我情绪低落，还是医生说"出血没关系，再观察一下"让我感到怅然若失。才刚刚怀孕，这一切就压得我们喘不过气来，以后漫长的日子要如何面对？

这可能是我度过的最难熬的一个夏天。一分一秒、一天，都极其漫长。

发现怀孕的时候，按照算法，已经接近两个月了。

然而从两个月到三个月，仿佛过了一年那么长。

这一个月中，我不晓得该寻求什么样的外界反馈。

我的朋友们大多身在北京或上海。在我身边的是同事，虽然也是朋友，但那是另一种类型，可以说是"有一点距离的普通朋友"。然而在怀孕这件事上，亲密感被倒置了：因为要去医院，要请假，会遇到各种问题，同事很快都知道我怀孕了。而除了一个朋友之外，我没有告诉其他任何人自己怀孕的消息。我们既不能说是被迫生育，也无法说是心甘情愿，我们甚至无法向别人倾诉此时的心情，因为不知道具体想要什么样的安慰。我跟伴侣两个人默默面对这难以言说的情况。

几乎是下意识地，读书或者看电影时，我开始特别关注作者或者演员有没有生孩子。苏珊·桑塔格，有一个儿子。琼·迪迪恩，有一个养女，但39岁去世了。夏洛特·兰普林，一个美了一辈子的女性，有两个儿子。蒂尔达·斯文顿，有趣的女性，有两个孩子。安吉拉·卡特，有一个孩子，是她在43岁时生下来的。

没有孩子的女性看上去那么少。但仔细去想，早期在文学上有所成就的女作家们——简·奥斯汀、弗吉尼亚·伍尔芙、乔治·艾略特……都没有孩子。

苏珊·桑塔格说自己一生中被判过三次刑：她的婚姻、她的童年、她儿子大卫的童年。在儿子的童年，她极其不耐烦，盼望他赶紧长大，甚至想过放弃儿子的抚养权。然而儿子长大之后，他们的关系又异常亲密。玛格丽特·杜拉斯，有一个孩子。多丽丝·莱辛，生了两个孩子，在离开了他们之后，她又生了一个孩子。玛格丽特·阿特伍德也有孩子。

我不停地去想这些又有什么意义呢？跟我又有什么关系？想到这里，我又开始懊恼，为了自己的双重失败：能力的有限、事业的失败，以及因此导致的软弱和随波逐流。

傍晚时分，为了健康，伴侣陪我在湖边没完没了地散步，我心里却没有任何怀孕的幸福感觉，我满心惆怅，心不在焉，总在进行自我谴责。

现在回头去想，一切都模糊了。人们进入旋涡的过程，是清醒但又身不由己的，是仔细考虑之后又随波逐流的。人，理智但没有执行力，坚定又软弱。而旋涡却既强大，又无处不在。我当时还不知道，这仅仅是旋涡的入口。

我第一次去听胎音，是在社区医院。照例是糟糕的环境，令人烦躁的流程和态度不佳的工作人员。我对这些已经麻木，总是看向窗外一角的树，仿佛在眺望另一种生活。到我了,在简陋狭窄的空间里,一开始我什么也没听见。接着像是远方的鼓声传来,一声接一声,由远及近,这次我听清楚了……是胎儿的心跳。我被它的急速和能量所震惊,它仿佛迫不及待,正大力敲起战鼓,要与这个世界相逢。

这是我第一次感觉到了:那是一个生命。生命这个词语变得非常具象、非常有力量,直接冲击着我的内心。好像是从那个时候开始,我才逐渐摆脱了怀孕的阴郁之感,一切也随之稳定了下来。我度过了内心颠簸、身体也充满不确定性的前三个月,进入了正常的孕期。

私人战争

我生育是2017年的事情。21世纪已经过了17年，我们对于生育的认识竟然还是那么懵懂，没有人跟我们仔细说生孩子到底是怎么回事，会遇到什么样的问题。

我妈妈催我生育，却从不跟我谈论生育。直到我生了小孩很久之后，她才跟我说起自己以前不得不去堕胎的场面是多么凄惨，她一边流血一边哀号着，被一辆板车从卫生所拖回了家。女人的命运此时才在我眼前涌现。一代又一代的女人的身体，像血色的河流。

妈妈们从不跟女儿们聊生育，就开始催生孩子了，并且总是说"很轻松"，甚至似乎还很有趣的样子。整个社会氛围都对生育的痛苦、伤害绝口不提，只说怀孕的时候多么被周围人爱着，生育之后又是多么被疼惜，这些近乎童话与传说的内容，代代相传，形成了一种虚假的氛围。我们以为一切都很简单，喜悦而充满期待的面孔围绕着自己，推进去，推出来，孩子就生出来了。

直到近些年，人们才开始大量谈论生育中遇到的疼痛与危险，然而那对我来说已经太迟了。我已经全部经历了一遍。

胎儿稳定之后，我的身体反应并不严重，像一个幸运儿。我没有呕吐，没有发胖，行动矫健，走路飞快。我坐地铁上下班，没有人给我让座，因为看不出我是个孕妇，我竟然为此而自豪；我在电梯里对着镜子自拍，只要衣服稍微穿得宽松一点，就看不出来我怀着孕。我照样喝咖啡，只是喝得少了一点。我想吃什么就吃什么。

我认为自己将经历一次值得吹嘘的生育之旅：它轻松、愉快，像是飞过一个小山丘。安全落地后我会露出胜利的笑容，向各位传达。

到了孕后期，疼痛开始静悄悄地潜入。各种不舒服纷至沓来，我逐渐失去了原来稳定而乐观的心态。我的腰开始痛，行动逐渐困难。腹部越来越大，超出预期和想象，所有裤子都不能穿了，最好穿连衣裙，或者孕妇裤，我再也不能掩饰自己孕妇的样子。羊水在腹中荡来荡去，我晚上无法睡觉，找不到舒适的姿势，也很难翻身。

肚子在最后两个月膨胀得超出了预想，让人感到害怕，一个人的肚子可以变得那么大而不炸开吗？我的身体彻底变成了容器，而且不再服从我的意志。

我总是想起电影《普罗米修斯》，女主角意识到自己的腹中正有外星怪物在长大的时候，果断用做手术的机器划开腹部将它拿了出来……那一幕，震撼人心，像是女性的一种原始恐惧：身体正被异物占用，而自己只能通过如此血腥的方式将它取出。是的，怀孕的时候，我总感到一个异物的存在，自我仿佛被迫置身身体之外。我迫切地希望早点将孩子生出来，结束这个身体被占领的过程。

我数着日子，期待预产期。然而到了预产的那一天，毫无动静。等到第二天，依然没有动静。迫不及待的我焦虑不堪，每天疯狂走路爬楼梯，希望促进这个过程。离预产期过去了三天，我已经不抱希望，做好了再过两天如果没有反应就去打催产针的准备。那天我如常坐在桌前，突如其来的宫缩开始了。我被疼痛突袭了，一阵腹部绞痛，我瞬间跌坐在地。

疼痛一阵一阵的，并且越来越痛。在车上的时候我就已经受不了了，大叫起来。到了医院，先要经过一系列的检查，绑上腹带，检测胎心和宫缩。每当宫缩指数升高的时候，就意味着我又要痛了。

很难描述那种疼痛。像是有人用坚硬的球击打我的下腹部，但又是从内部爆炸开来。我除了咬牙接受没有任何反抗的办法。

"我要我的麻醉师！"我不停地对护士说。之前我已经约好了麻醉师。朋友叮嘱我："你到医院第一件事就是把麻醉师喊过来！"我遵循她的经验，不停地呼唤我的麻醉师，但护士说要等一会儿才能进产房，进了产房才有麻醉师。

我痛得在床上翻来覆去。护士让我放松："接受疼痛，不要反抗。反抗会更疼。"好的，放弃抵抗，接受它……但于事无补。我痛得大喊大叫。

终于被推进了产房，我不停地问我的麻醉师什么时候来。我的宫缩指数越来越高，意味着疼痛越来越强烈。这才是开了四指的疼，难以想象女人如果在没有麻醉的情况下生孩子，要经历开十指的疼痛是怎样的情形。

大概半个小时之后，麻醉师终于来了。"帮帮我！"我大叫。麻醉师迅速开始帮我麻醉……麻醉很管用，很快就完全不痛了。我又变得开心和乐观起来，心想，之后只要在助产士的帮助下，把小孩生下来就好了。

后来发生的事情告诉我：你太天真了。

小孩的胎心率忽然开始下降，完全没有预兆，从正常的 140 下降到 90 多，护士来看了看，一会儿胎心率又上升了。她安慰我说："没关系，只要能自己恢复正常就没有关系。"

就这样，本来房间里轻松而愉快的氛围一扫而光。我盯着胎心率监测仪看，一次次地下降又恢复，下降又恢复。中途有一次持续下降，冲进来一群护士和医生，让我变换姿势，不停地给我按摩摇晃之类的，胎心率又恢复了。

然后胎心率又开始下降，这次又冲进来一堆人，给我变换姿势也没有用。胎心率持续下降，气氛变得非常紧张。其中一个人给了我胳膊一针，让我赶紧先尝试使劲，看看能不能把小孩生下来，但毫无反应。于是医生和护士迅速行动起来，推起我的病床向外冲去。

我看着头顶上医院的灯光闪过,像是一部医疗剧里的情景,一切都显得太不真实了。刚刚都还好好的,我现在却躺在病床上被推向手术室。

小孩会怎么样呢?难道我要遭遇什么难以预料的人生悲剧了吗?我的人生会在此时转弯吗?我努力不去想,也不敢想下去,只是看着头顶上的灯光。病床在医院里疾驰,推着病床的护士在奔跑,然后我被推进电梯,又被推出来,最后被放在了手术室的床上。

我觉得自己要哭了。我不知道自己将要面对什么。这让我极度恐惧。而恐惧又让我根本哭不出来。

这时,胎儿的心率又恢复了。

护士安慰我,让我不要害怕,说一旦有状况就会立刻给我做手术,让我千万不要担心。她不停抚摸我的胳膊安慰我。

医生来了,他建议我再尝试一次,于是我又使劲了几次,还是没有反应,或许是我用力的方式不对。医生说我的骨盆太窄,胎儿的头卡住了,而且一宫缩一使劲,胎儿的心率就下降。他不停地跟我解释,但我根本不需要解释。

"不用说了。赶紧剖吧。把他拿出来!"我担心胎儿在里面多待一秒就多一点危险。

于是一群人又拥上来,迅速准备好。麻醉师也来了,再次给我麻醉。刚开始我的意识还清醒着,看着他们遮住了我的视线,感觉到腹部被划开,感觉有人在拉扯着什么,听到医生说:"怎么拉不动?"

在无尽的担忧,也可以说绝望中,我失去了意识。等我清醒过来的时候,正一个人颤抖着躺在病床上。

麻醉后的副作用——颤抖,开始了。大概是因为两次麻醉,剂量太大,我不停地颤抖,就像是那种功率翻了几百倍的寒战。"我在抖,我在抖。"我不停地说。旁边的护士安慰我说:"这都是正常的,我知道你现在很难受。"她给了我一个喷着热气的东西抱着,我舒服了一点,但颤抖依然持续着。

"小孩一切都好吗?"我连小孩的哭声都没听见。

"一切都好。"她说。

我又问了一遍,然后再一遍。我大概问了 10 遍。因为我怕她对我说谎。我一边颤抖一边等待,等待真相与判决。

终于,我可以被推出去了。伴侣立刻冲了过来。"他们不让我进去。"他当时换了可以进手术室的衣服,急得裤子都穿反了,但最后还是没能进来。

"小孩怎么样呢?"我又问他。

"他很好。没问题。"于是小孩被推了过来,我看到了他。

并没有什么感觉。并不是电视或者电影里演的那样,我痛哭失声,或者感动得不行之类的。并没有。我只是松了一口气:他确实很健康。他看上去谁也不像,只是一个新人类。(后来他一度长得像我伴侣的父亲,一度长得像我的妈妈,有时像伴侣,有时像我,我们两家人的脸都在他的面容上短暂地滑过。最后他长成了自己的样子。)

我的身体内部也没有升腾起"母性",只是感到散落,失去控制。大脑在竭力想要拼凑起原来的身体。

我们一起回到了病房,我躺在病床上,感觉自己血肉模糊。之后过了好几年,我只要回想,就能记起那种感觉。看到电影或者剧中的人物受伤,被抬到医院,我就能立刻回到那张病床上,同样感受到身体的那种损坏感。

麻醉时医生为我插了导尿管,后来拔掉了。护士叮嘱我现在必须恢复自主小便了。尿液量要到500毫升才算正常。"如果你不能尿出来,我只能再次帮你插管,这次可没有麻醉了,会很痛很痛的。"

我吓得在马桶上坐了半小时。那是一种非常空虚的痛，又痛又找不到感觉。我竟然不会尿尿了。我丧失了对自己身体的掌控，找不到重新控制它的方法。

我在洗手间半小时半小时地消耗，向不知道什么东西苦苦哀求。

然后忽然，神启一般，我尿出了一点点。

就那么一点点，我高兴得叫了起来。

但这仅仅是很微小的一点进步，离500毫升还有很大的距离。

为了成功尿尿，我喝了不少水，结果从床上下来的时候，原本麻木的尿道忽然受到剧烈冲击，一阵疼痛袭来，我再次痛得坐在了地上。

我长时间茫然地坐在洗手间里，等待奇迹发生。最糟糕的事情会是什么呢？就是再次无麻醉插管，那会非常痛，然而插管之后呢？还得拔出来吗？又会有多痛呢？拔出来之后我还是得重新学习尿尿吗？我不敢想下去。

在一种绝望之中，身体仿佛也被忧虑启动，它自己苏醒了，我尿出来了……500毫升！不用再插导尿管了！我简直要热泪盈眶。

还有一种痛,更是从来没人提过,是肚子里的气带来的。气真是一个神奇的东西。它其实什么都不是,但当它出没在身体里的时候,却不停地折磨你。

不知道它到底在哪里,它在腹部神出鬼没,引起尖锐的疼痛。

每次护士问我怎么样了,我都回答说:"胀气让我很痛。"护士说:"我们也没有办法,只能等气自己排出来。"

非常非常痛,一动就痛。这导致我每次放屁都非常开心……因为意味着一些气体被排出去了,疼痛减少一点了。

医生和护士都让我不要躺在床上,要多走动。

为了恢复,我不得不尽量起来动一动,加速气体排出,但收效甚微。

只能静待时间。躺着痛,起来也痛,动一下就痛。

大概五天之后,我的胀气痛才稍微缓解了一点。

熬过这几天之后,漫长的恢复期还在等着我。剖宫产的伤口相当惊人,横在腹部,简单缝合着。子宫因为没有正常收缩生产,还是很大。所以小孩生下来之后,我依然像是怀孕五个月的样子,肚子里是膨胀的子宫、血、气体和其他一些什么。那种生完孩子肚子立刻变得扁平的场景近乎神话故事。

没人能看见自己的肚子里面在发生什么。这种无法看见、无法知晓让人恐惧。从医院回家之后，我总是觉得这里也痛那里也痛。虽然痛是正常的，但我无时无刻不在担心，里面的伤口怎么样了？会发炎吗？会裂开吗？会出现什么意外吗？

问题是根本不知道哪里在痛。晚上睡觉找不到舒服的姿势，下床的时候整个腹部都在痛，好像五脏六腑忽然全部掉了下去。那种感觉真是有点吓人。

走路只能弓着背弯着腰，导致的结果是腰酸背痛。生产前后腰的损伤是很严重的，各种姿势都会导致腰痛，包括抱小孩等动作。

因为被疼痛折磨，根本无心考虑喂奶的问题。结果不知不觉，大概在第四天或者第五天的时候，我发现自己的胸部硬得像石头一样，是乳腺堵塞了。

这又是一种新型的疼痛。硬邦邦的痛。又是痛得睡不着。

因为乳腺不通，我腋下肿起小鸡蛋那么大的两个包，简直是一种奇观。只能用吸奶器拼命吸，用热毛巾敷，用冰敷……或许是疼痛之神也厌倦了吧，这段疼痛持续了一天一夜，第二天早晨醒来的时候，它缓解了。但之后，它经常返回光顾我。一旦没有及时吸奶，乳房就会胀痛。

在吸奶的过程中，我也尝试给小孩喂奶，小孩第一次吃奶的时候，我惨叫了一声。乳房被婴儿吸咬真的太痛了。

当我跟朋友说："我真是把生小孩的各种痛都尝试过一遍了。"

朋友问我："那你知道耻骨分离吗？"

……我搜索了一下，好吧，好像更恐怖。

大概在小孩六个月的时候，我得了很严重的腱鞘炎，以至于早晨洗脸连毛巾都拧不干。我也没有觉得自己多么频繁地抱他，但总之，就像很多女人一样，在生完小孩之后的这段时间，腱鞘炎不愿缺席地光临了。我甚至都没有抱怨，而是想："总会好的。就像所有的痛苦一样，慢慢就会消失不见。"

过了一个多月，果然好了一些，至少能拧干毛巾了。

后来有一天，小孩坐在床上大喊"妈妈妈妈妈妈……"（准确地说，只是类似的音节），我连忙去抱他，只觉得左手大拇指到手腕的一条线仿佛被一阵电击，一根筋扭到了，左手再次戴上护腕。

再次慢慢恢复了一点点后，这次是他爬出爬行垫去追逐一个球，我冲过去想把他抱回来，脚下一滑，不仅腿上摔出瘀青，还压到了左手……我从来没有像生小孩前后这样，遭遇如此频繁的疼痛和伤害。

人们总是只提生孩子之后的感动，简单说一下"很痛"，却很少详细了解女人在这期间到底经历了什么。对于生育这件事，总是停止于美好的形容。很多文章里都是这么描述的："所有的痛，在看到孩子的刹那都消失了……"

然而根本不会消失。有人剖宫产的伤口两年后还在痛。腹部的这道疤痕也不会褪去。剖宫产本质上是一种治疗措施，是一个看上去不严重但其实很复杂的手术，对身体的伤害是毋庸置疑的。怀孕前我本来一直坚持跑步，做完剖宫产手术后，尝试跑步就感觉腹部不舒服，再也不敢跑了。

很多女性因为对生育的疼痛没有概念，真正经历之后发现生孩子比想象中更为痛苦和复杂，也得不到周围人的安慰，因而得了产后抑郁。"这点痛算什么啊，每个女人都是这么痛过来的。"周围人会这么说。

不是这样的,每个女人都理应得到更好的照顾,以及对疼痛的尽量减免。

怀孕、生产以及产后,女性经历的是身体完全被摧毁的过程,是不得不将身体变成工具的过程,是对自我性别的一次新的认识。这种认识里,简直有一种宿命般的悲哀。因为无论身边的人如何关心和支持,很多关口只能由女人自己孤独走过,疼痛也只能由她独自承担。

生育不是一次田园牧歌式的经历,而是混合着血与泪的过程。人们总是赞颂男性的英勇,或者说总是赞颂公共生活中的英勇,却对女性在私人生活中与疼痛的战斗视而不见。

几年之后我跟朋友忽然在车上聊起了这些。她正开车送我去车站,一段略微拥堵的路程,我们得以深入地聊天。我们说起了各自生育的经历,发现我们几乎经历了一样的事情:本来是准备催产的,忽然宫缩开始了。她以为一切会顺利,却发现羊水里带血,立刻被推进手术室进行了剖宫产。"我的身体被撕碎了。"只有她跟丈夫两个人孤身在国外,丈夫照顾孩子的时候,她只能自己带着支离破碎的身体起来做早餐。

我们在车里亲密地谈论着那种疼痛，谈到全身麻醉，"就像死过一次"，谈到我们醒来之后第一句话都是问："小孩怎么样？"我们叹息又庆幸，因为小孩最终是健康的，他们没有受到伤害。

就在这时我才意识到，刚刚我们进行的，类似于"战争创伤互助治疗"。生育对我们来说，就是一场小型战争。我们的身体严重受损，内心留下了深刻的创伤，只是无人为这场私人战争命名，更无人为我们授勋。

被公开的身体

生育之后,我告别了之前所有的内衣。我买的漂亮白色蕾丝内衣,还没开始穿,就全部闲置了,有时我会拿出来欣赏一下,就像欣赏旧日的时光。我从没有想过,有一天自己只能穿高腰内裤了。那种曾经代表着邋遢与不性感的"奶奶裤"现在成了我的最爱。低腰裤会勒住伤口,让我感觉不舒服。虽然剖宫产的疤痕已经很淡,却似乎永远也不会好了。我总感觉那伤口并未完全愈合,永远在腹部存在着,如果用力按压或者撕扯,它还会痛。我的腹部再也没能完全扁平下去,那团肉应该是永远也减不掉了。

内裤就像是对身体的比喻。以前我喜欢买的性感、美丽的内裤,令人喜爱却再也不能穿了(旧日身体不再);我现在拥有的仅仅是这松垮的内裤(新的身体),

但它又是令人感觉舒适的。好像生育令我放松了,也自由了。

我的胸部下垂了,更没有美感了,但对我来说都没所谓了。我习惯穿只有薄薄一层,既没有钢圈也没有海绵的内衣,毫不在意地展现胸部松弛的轮廓。穿内衣为的只是减少胸部与衣服摩擦导致的疼痛,而不是为了任何的美观与修饰。

我跟朋友说起自己与身体的关系。生育之后,身体似乎被公开化了,它曾经的私密性也消失了。我们一致同意,生育之后,我们对身体更放得开了,好像觉得任何私密部位都没什么大不了的。

私密感消失后,我跟异性间的张力也减小了。异性的目光对我逐渐失效,我不再在乎男人们如何看我,不再因此感到羞涩或者紧张。我为自己能从与异性间的紧张感中解脱出来而感到放松。

曾经女人被这样告知:女人会在"欲望"与"母性"之间进行极度的纠结。在电影《快乐到死》里,女主角为了去见情人,为了身体的欢愉,给自己的孩子喂安眠药。男性创作者很喜欢描写女人为了"欲望"而践踏"母性"的故事,很喜欢让女人不得不在这两者之间做出尖锐的选择。然而男人从不需要如此,欲望和孩子在他们那里完全不是对立的关系，而是可以同时拥有，也可以随时抛弃。那为什么男性创作者会觉得女人的极端抉择要在这两者之间产生？女人对男人的爱欲真的那么强烈吗？女人为什么不是在"母性"与其他东西之间选择？比如孩子与生存，孩子与事业……在这些选择之间，男人认为女人会毫不迟疑地更加倾向于孩子，男人认为女人的"母性"大于她的"自我"。但当"母性"与"欲望"相矛盾的时候，男性创作者却总是会让女人的"欲望"获胜。

我生育之后对这些产生了怀疑，对男性想象中的女性欲望产生了怀疑。他们想象女人在对男人的爱和对孩子的爱之间挣扎。然而，我却觉得，当女人生育之后，她们与男人之间的关系实际上是变得松弛了，男人对她们而言没有那么重要了。女人可能会为孩子与其他事情的矛盾而痛苦，比如孩子占据空间、时间，使她们无法去做自己的事。但孩子与男人？这两者之间的选择真的那么难吗？我看到的是，有了孩子之后，很多女人的情感就倾向了孩子那一边。她们认为孩子本身，以及自己跟孩子的关系才是最重要的。或许正是现实中生育后的女人对男人的轻视，使男人在创作中强调了自己的存在。

女人的身体因为生育既被损坏又被解放了,对男人、对欲望都产生了不一样的感觉。但这是不是男性社会的设置呢?仅仅作为女人存在的时候,身体被要求性感、美丽,潜藏和承担着欲望。成为妈妈之后,社会希望女人全部奉献给孩子,所以尝试去除女人身体的性意味,也不再要求她保持年轻,不再要求她保持魅力。女人的身体是不是因为被故意忽视,才得到了放松?

女人跟自己身体的关系,很复杂。在生育之前,我从没有仔细思考过这一点,现在想来,我与自己的身体也是分分合合。

年轻的时候,我跟男朋友之间吵架的导火索经常是我忘记拉窗帘了。洗澡后,我享受着身体的绝对自由,在家里四处走动。这个时候,会忘记拉窗帘。虽然透过窗户,可能什么也看不见,也没有任何证据证明有人在偷窥,但光是这种可能就让男人受不了。

那明明是我的身体,如果被人窥视了,受损失的却仿佛是他。

而我,一直是不怎么在意这些的女人。或许因为在乡村与男孩子一起玩耍,学习了他们对身体的坦然。7岁之前,我经常穿着背心和短裤跟他们一起游泳。

当时同龄的男孩们非常蒙昧，也对此习以为常。我在没有太多性别意识的环境里长大。

第一次使用卫生巾，我贴反了，不得不在洗手间拉住女同学询问才知道正确的用法。来月经之后，我并没有真正学会扭扭捏捏，对于那种藏着掖着也感到困惑。我喜欢跟女孩们谈论月经的话题，疼痛或者困扰，但她们不肯多说。

我还有个问题是，经常忘记自己身在何处。有时候看教室无人，我就有一种冲动，很想在教室里直接换卫生巾，或者想偷偷拉开裤子看一下来月经的情况。总之，我像个野人，未开化的、缺乏羞耻感的野人。

我的羞耻感是被城市慢慢塑造的。我去城市里读书，身边的女孩子开始互相影响，教会我"羞耻"。她们教我要去除腋毛。不知道是谁说，腋毛拔除之后就不容易再长。于是我们女生宿舍晚上集体忍痛拔腋毛。然而腋毛拔不尽，春风吹又生。我们屡败屡战，差点拔出毛囊炎。

女同学第一次带我去修眉毛时，我才知道眉毛也需要被美化。当时也是用拔除法，我痛得嗷嗷叫。拔完之后，朋友说："嗯，脸上清爽很多。"之后我还尝试过用蜜蜡修眉,又是另一种疼痛体验:将蜜蜡烧化涂在一层蜡纸表面,贴在眉毛上,然后猛然一撕。疼痛感瞬间爆炸,又痛又爽,近乎让人上瘾。

我学习了带钢圈胸罩的穿法,学习了紧身裤的穿法,还知道了要在短裙里穿安全裤打底。

我努力改善自己叉着腿的"不雅"坐姿,改成交叉双腿坐着。

我学到了那么多的知识,只是为了给自己增加麻烦和不愉快的体验。

不知道男人是否会像女人一样如此在意身体的细节?乳房是什么形状,臀部是不是扁平,小腿美不美,脚踝细不细,副乳是不是太明显,脖子是不是太短,背是不是太厚,头发是不是不够浓密,脸上的斑点是不是太多……女人用放大镜审视,同时也是欣赏自己的身体。我们有时把身体看作自己的"作品"。

所以,身体也总是让我们焦虑。我们隐藏身体的不适,回避身体的困难,很少互相倾诉关于身体的秘密。但实际上,我们谈得越多,身体才会越自由。"原来你也是这样啊。"光是这种感受,就能让我们轻松起来。

然后我到了 36 岁，经历了怀孕和生育的过程。从怀孕开始，身体就渐渐被异化了。我至今还能记得产检时，不停被触碰和侵入的身体。涂在腹部的黏糊糊的胶质耦合剂，做完 B 超后拎上裤子前要擦很久。有时，机器需要进入身体之中。之后看电影或电视剧，看到里面的女人去产检，我还能清晰地回忆起探头进入身体的冰凉触感，以及那种竭力将自己的身体排除出脑海，放置在一个虚无空间的努力。

生育的过程更是完全动物性的，没有羞耻可言。当时胎儿忽然心率下降，医生们要我趴在床上，我身上只有一件罩衣，什么也遮不住，近乎裸体。当时如果还要考虑"羞耻"这个命题，那就太晚了，也不可能了。我以动物的姿势趴着，满脑子都只有胎儿的健康。

为了尿出来，我把衣服脱了，裸身坐在洗手间里，开着门，护士进来我也没所谓。只盼望赶紧尿出来，其他都不重要了。

之后那些血淋淋的，将身体使用到极限的场景让身体变得更加敞开……身体甚至不再是身体，而是其他的东西。我像对待"他者"一样对待它。尿尿、放屁、大便……这种以前不好意思说出来的事，都是身体在恢复的方式，都变得那么值得感激。

身体带来的那些羞耻与不安，因此渐渐消失了。有人说："我刚生完孩子那阵子，对自己的身体完全没有了性的概念。阴道是产道，在产房里那么多人（几个孕妇加护工加我丈夫）的面前，我半敞着擦洗阴部也不觉得羞耻。我因此开始思考性感和羞耻的关系。"

确实，好像从怀孕开始，女性身体的私密性就结束了。女人们去拍孕期照，比没有怀孕时更加敞开自己，裸露得更多（遮住私密部位，其他则能露就露），因为"怀孕的身体有一种神性美"这个理由，女人们得以把身体尽情地展示出来。孕照经常是一个女人裸露最多的照片。那是一个女人全力凝视自己身体的时刻。

生育之后开始喂奶，又是一次对身体的重新感受。我的小孩不会直接吸奶，只能改成了用吸奶器吸奶加瓶喂的方式。虽然没有亲自喂，但还是母乳喂养，需要我自己产奶。即使尽力压缩时间，我最终还是母乳喂养了半年才给小孩彻底断奶。

喂奶让我重新看待自己跟乳房的关系。作为一个平胸的女人，胸部本来是我一直想要忽略的部位，甚至希望它消失。当胸部不是女人的"美妙部位"的时候，女人希望自己不要看见它,或者说,索性希望它不存在,又或者,希望它是个别的东西。我一直把它当作多余的东西,一个麻烦,而不是我的"第二性征"。

但喂奶的时候,胸部变得非常具体,而且功能也改变了。我的胸部胀大了一点,它甚至呈现出一种力量感,青筋凸起,像一件柔软的武器。

生活中增加了一项工作:吸奶。如果不及时吸奶,胸部就会涨得硬邦邦,像一块石头,非常痛。我随身携带吸奶器,将一头连在自己的乳房上,另一头连在奶瓶上,像一名工人一样认真操作。我去任何一个地方,首先要思考的就是:"哪里可以吸奶?"我在很多地方吸奶:在商场或豪华或破败的母婴室,在各种各样的洗手间,还在餐厅的储藏间吸过奶,跟一堆食物原料在一起。我像一个挤奶工,但挤的是自己的乳房。我变成了两个人:一个是产奶者,一个是挤奶工。

我很快恢复了上班,上班时背着吸奶器和一个保温袋,每天中午吸好奶,放进冰箱,晚上用保温袋将奶带回家,喂养嗷嗷待哺的婴儿。我像一片田地,我像一口井。

公司没有母婴室,于是我中午去会议室,把门反锁,在空荡荡的会议室里打开吸奶器,伴随着机器稳定的节奏，吸奶。我能听到隔壁办公室的声音，人们在交谈、欢笑、吵闹，是嘈杂的现实世界；而我的世界里是机器枯燥但也充满生命力的声音，从乳房到奶瓶，母乳在流淌。我时常会产生一种恍惚之感，这两个世界是同时存在的吗？

我的朋友说起自己产后去看戏剧时，中途到洗手间吸奶的经历。中场休息的时间很短，她在洗手间拼命吸奶，一瞬间奶香味充斥整个空间。清空乳房，她回到剧场，看到顶层巨大而耀眼的灯光。大幕拉开，仿佛要登场的是她，也好像刚刚演完的是她。

在会议室吸奶吸了一段时间之后，我开始感到无聊、难熬。于是就趁午休时间直接在座位上吸奶。我背靠着墙，一边看剧一边吸奶，前面有电脑和隔板的遮挡，手也伸进衣服里。大部分时间看不到什么，但每个人都知道我在干什么。办公室里关了灯，大家都在休息，但能隐约听见吸奶器的节奏声。有男同事感到不悦，因为我像是那个空间里的一个障碍物，不合适的存在。但没人能说什么。"母亲"这个身份为我赦免了所有的问题：你怎么能苛刻地对待一个母亲？她在生产乳汁、奶液。这一行为太神圣与正当了。

我的另一个朋友，中午在单位拿着吸好的母乳想将奶瓶放到会议室的冰箱里，结果里面正在开一个高层会议，她推开门，一群表情严肃的男人正在讨论问题。她急忙道歉说："不好意思！我不知道里面在开会。"这时，上司分开众人，大声喊道："她要去冰箱放母乳，快让她放。"那一刻，她感觉自己比所有人、所有事都更加重要，也或许重要的不是她，而是她手中的母乳，那是连男人都自觉要去守护的东西。

生育之后，我们的身体获得了某种自由，与此同时也被征用了。一个产奶机器在产奶之外是自由的，它可以随意呈现自己，可以是任何样子，但它最重要的事情是产奶。一切要服务于产奶：不能喝咖啡、喝酒、吃辣、吃海鲜，还有各种奇怪的禁忌，与各种传说有关。人们总觉得婴幼儿出现任何问题都跟妈妈的乳汁有关系："是不是妈妈吃了不该吃的东西？"很多女人不是在生育时，而是在哺乳期崩溃的。

全程吸奶并不是一种常见的方式，亲自哺乳的更多，也更加方便，而且与孩子亲密无间。但只要妈妈会离开孩子，就必须使用"吸奶"这一方式。妈妈单独出门之后也在生产乳汁，需要将吸出的乳汁带回家给孩子，如果不吸出来，乳房也会涨痛。"泵奶是一种对距离的承认，对母亲有限性的承认。"玛吉·尼尔森这样写。确实，我通过吸奶来隔离我跟小孩，保护自己的独立性。我觉得吸奶器是非常好的发明，它给了我自由，给了我界限。

但在小孩大概长到5岁时，我忽然有一点惶恐，自己是不是错过了什么？亲自给孩子哺乳是不是一种难得的经验？为什么我没有耐心教他吸奶，这是不是预示着我总是没有耐心，总是不想遵循自然之道，迫切想从母职中挣脱？但孩子是不是需要那种来自妈妈的安全感？我还怀疑吸奶器是不是伤害了乳房？到底是生育还是衰老让乳房下垂了？为什么现在我的乳房仿佛空荡荡的袋子？它的生命力随着生育而结束了吗？难道乳房的作用不过如此？

我的身体在生育后更加明确而生动地呈现在我的生命中，好像以前那些模样都并不真实。我从未如此深入地去想象和思考它，我研究它，也担心它。身体变成了我生活中一个公开的议题，在各种言语中反复出现。而我也从未像现在这样，真正地看见自己的身体、爱上自己的身体，爱上它表达出来的一切。

育儿困难

"你完全失败了"

生了小孩之后,我几乎就没再能坐到副驾驶位置上。以前我跟伴侣最喜欢在车里听听音乐聊聊天,是放松的时光。后来因为自己带小孩,而小孩必须坐在后座的安全座椅上,我也只能坐到后座去陪着。

这只是生小孩之后最不重要的一个改变了。它反映的是我们的自我不得不退让的过程,那些放松、休闲的时光,从此一去不复返。我看向外界的视线也被局限在后座的位子上,很像我的生活被育儿所局限的状态。

我几乎再也没有过夜生活了。夜生活让我痛苦,无法放松,我总担心家里的小孩会有什么问题而我不在。夜生活再也不能令我快乐,如果晚上还在外面游荡,我的身体就会产生焦虑,感到很不自在。

身边单身的朋友们逐渐减少，并非故意的，而是没有办法。单身、未育与有孩子是两个世界，仿佛生活在城市不一样的空间，总去不一样的地方。即使去同一家商场，也逛不一样的楼层。我们在不一样的时间休息。单身的朋友周末最悠闲，但周末是我们最忙的时候，因为要陪小孩玩耍。为了小孩，我们不得不提起精神开始很多原本肯定不会进行的社交。谁会想到，我主动添加了小区里很多带孩子的奶奶的微信，并且学会了跟她们长时间聊天，以方便孩子们约了玩耍。因为大人可以没有朋友，小孩却不能没有玩伴。

我跟伴侣逐渐淹没在育儿中，以不易觉察的速度，从最微小的地方全面改变着生活：我们不得不开始关注物品的材质、食物的成分、环境的风险……我们在乎地上的每一根树枝、每一个泥坑，评估每一种高度。

"户外"两个字对我们父母来说更像是一个魔咒：户外、户外、户外，每天最好在户外待两小时，不仅是为了孩子的眼睛，也为了他们体能的发展，以及与其他孩子的社交。在生小孩之前，我和伴侣都是彻底的"宅人"，经常好几天宅在家里哪儿也不去，看书、看剧、吃简单的食物。现在不得不经常出门，在外面漫无目的地陪小孩闲晃。有时候我望着天空，望着云朵，望着自己已经看了许久的事物，有一种被拽入虚无的感觉。

可以这么说，所有新手父母对于育儿困难的预计都是完全不足的，无论你想得多么困难，现实都会比想象的更加困难。

我和伴侣都出生在乡村。父母催我们生孩子的时候，既没有告诉我们生育的恐怖，也没有告诉我们任何育儿的知识。他们觉得养孩子非常容易，因为乡下的孩子似乎玩着玩着就自己长大了。我们从小不懂得要勤刷牙、洗头……牙齿很快就蛀掉了，头发也一塌糊涂。明明在乡下每天都在户外玩耍，但还是把自己的眼睛搞近视了，因为不注意看书的光线和时间。我躲在被窝看书，在最暗的地方看最小的字，父母完全不管。伴侣的状态也差不多，他两岁时掉进河里，穿着棉袄浮在水面上，他的父母完全不知道，最后是被别人捞上来的。

我们是幸运的孩子。听说每年暑假都有孩子在河里游泳溺死，还有孩子摸到电门，或者从高处掉下摔断了腿；有些孩子患病没有得到及时的治疗与干预，影响了一生，而这些疾病多半还是显性的，比如可以矫正的轻微的跛脚或者斜视，因为错过时机而变得不可改变；更多隐性的问题从来没有被了解过，比如谱系障碍儿童。人们只是觉得那个孩子好像有点奇怪，无法好好学习，但没人知道到底在发生什么，也从没想到去干预。

我们的父母是无知的、蒙昧的，而身边人的朋友圈，大多在展示美好的生活图景：他们带着孩子一起旅行，带着孩子一起去咖啡馆、去看展览；孩子与宠物之间进行美好的互动……人们将具体的、麻烦的、难以言说的部分隐藏起来。我生了孩子之后才意识到，虽然他们展示的东西是真实的，但只是育儿的一个面向，育儿还有无数个面向并不被看见。

在此之前，我完全没有想到养育小孩这么难。我没有想到的是我根本不会想到的部分。我怎么能想到我从不知道的东西？

原来关于婴幼儿，有那么多的知识需要学习。吐奶该怎么办？怎么睡出完美头形？选什么奶粉？吃什么辅食？用什么餐具？买什么安全座椅？发烧如何处理？咳嗽如何处理？口呼吸怎么办？有了小孩我才知道，婴幼儿没长牙就要刷牙（用湿布擦牙龈）；每天要去户外；每个阶段都要体检，看是否符合生长曲线。

作为父母，我们几乎每天都处在焦虑中，担心什么事情做错了，给小孩留下终身的影响。小孩总是歪着脑袋睡觉，我们没能及时纠正他，现在他的后脑勺有一点歪，每次看到，我都很不开心、很愧疚。我们被这件事所困扰，对他的其他事情更加谨慎：伴侣给小孩刷牙，一天两次，每次二至四分钟；每天争取要去户外两个小时。睡眠时长要焦虑，就连呼吸也要焦虑（据说口呼吸会带来诸多不良影响），眼看他有了过敏性鼻炎，要经常清洗鼻腔。

以前的孩子到底是怎么长大的？除了金钱问题，我爸妈没有任何抚养我的困难记忆。而我抚养小孩的过程，没有一件事是顺理成章的，全都充满了挫折与无所适从。

从小孩出生第一步起，我就不能教会他吸奶。怎么有孩子不会吃奶？我真是又惊又怒。是我自己做错了什么吗？我又很惶惑。但我没有能力思考和应付了，我全身都痛，缺乏睡眠，受不了任何挫折了，乳房又涨又痛，无法再进行尝试，立刻改成了瓶喂。可以说，他人生的第一步，就是以我的放弃开始的，而这种放弃（与遗憾和后悔）以后将充斥着育儿的全过程。

后来我们对顺利已经不抱任何幻想。育儿不停地、细密地打击着我们的神经，那种痛苦无法倾诉，仿佛每一道题我们都会做错，即使知道答案也做不对。他不会吃饭，睡觉也不行，很久才戒掉尿不湿，很晚才会说话，完全不爱运动。你怕他弄洒东西，他一定会弄洒；你担心他弄坏东西，他一定会弄坏；你希望他早睡，他一定睡不着；你希望他多睡一会儿，他一大早肯定醒了；你急着赶时间，他把东西打翻了；你毫无准备，他忽然要拉屎……而且他确实站在高铁座位上拉了，所幸裤子把屎兜住，才没有造成更大的灾难。

生活没有一刻不是手忙脚乱的，没有一天不是事与愿违的，没有什么时候不是精疲力尽的。其他家长开始对孩子进行各种学前教育了：读绘本、学英语、学轮滑、学游泳……但我们根本无暇做这些，只有能力应付日常。

有一天，我们带小孩回我乡下的家里去。他不肯吃晚饭，不肯睡觉，也不肯接受我爸妈的指令，对学习更是毫无兴趣……我爸拍着桌子对我说："你对这个小孩的教育完全失败了！"

那一刻，我感觉一块巨大的石头向我滚来，将我彻底轧成一个平面，将我这几年的生活彻底否定了。

一种巨大的荒谬感将我淹没：这一切到底是怎么回事！

不会睡觉的小孩

夜晚来临的时候,我总有一种面对赌局的忐忑不安,因为我不知道今晚小孩的睡眠是怎样的。他是会迅速睡着,还是会折腾很久,直到我不耐烦开始暴躁,然后又因为暴躁而向他道歉,就这样无限循环下去?无人知晓。也没有规律可言。

孩子睡着之后,当然,所有父母都知道,睡着的孩子是天使,是世界上最美好的东西。让大人感到幸福,又感到愧疚,为了白天的种种。不管临睡前有多少痛苦,在孩子睡着的那一刻,我们都跟他和解了,并且开始自我谴责,恨不得对着孩子忏悔与祈祷。睡着的孩子充满了神性。

我们曾经是幸运而且幸福的父母,拥有一个非常会睡觉的小孩。小孩刚出生就被放在单独的小床上,因为据说把婴儿放在妈妈身边睡觉,有时会有窒息的风险。我非常乐于接受这一点,不用陪小孩睡觉让我感到自在。小孩长时间地睡觉,大量睡觉,很自然地睡觉,也仿佛在印证我们这个做法的正确性。我们当时以为小孩睡觉是世界上最简单的事情:我们把他放在床上,退出房间,他就睡着了。

我的朋友则生了一个高敏感的孩子，必须抱着才能睡觉，入睡非常困难。因而我们对孩子也产生了完全不一样的感受。她到处学习让孩子睡着的方法，对孩子进行睡眠训练，但没有一个是有效的。最终她决定屈服于命运，既然孩子要抱着才能睡，那就抱着吧。她几乎整夜地抱着孩子，直到孩子睡着。她觉得养育孩子太难了。

我当时则觉得一切很简单。我的小孩躺在床上会睡着，在沙发上能睡着，在提篮里也能睡着，而且只要一上车，车子一发动，他就会睡着。他下午要睡，晚上还会睡，一天要睡十几个小时。他睡觉的时候，大人完全是轻松的。孩子的睡眠是大人的救赎。

我还有一个朋友，她的孩子有着完全不一样的作息时间：他深夜睡，下午醒。睡眠时间很长，但跟大部分人有时差。我的朋友坚持不去调整，而是顺应孩子的节奏。"孩子醒得很晚，我反而可以有一个完整的上午。"她这么说。

我这才知道原来不是所有孩子的睡眠都是一帆风顺的，但我不以为意。小孩长大一点之后，小床睡不了了，我们暂时性地给他在地上铺个垫子，可以随便滚来滚去，也不用担心安全，他依然非常好睡。这一切难道不是太简单了吗?

小孩的睡眠时间什么时候开始变少的?这个问题我回答不出来。让我痛苦的不仅仅是他睡眠变少了,还因为我不知道自己做错了什么。

我做错了什么?在哪些问题上没有及时处理、引导,以至于他变成了一个睡眠少而且入睡困难的小孩?这些疑惑都折磨着我。他为什么还不睡?他睡觉的时间为什么这么短?这两个问题折磨了我好几年。

小孩的睡眠时间逐渐缩短,以我们意识不到的速度。先是白天的睡眠逐渐消失了……等小孩上幼儿园的时候,问题彻底浮出水面:幼儿园要求午睡,但他无法午睡。

谁也没想到,本来被认为是天使宝贝的小孩,却因为无法午睡而带来了绵延不绝的麻烦,最终彻底改变了我们的育儿观念。本来我以为养小孩很容易,养了三年多就可以上幼儿园了,幼儿园就在小区门口,走路即到,我有什么好烦恼的?岂料他完全无法适应幼儿园,无法融入那种氛围,也无法迅速午睡。他每天都不想上学。

有一天早上他又哭了。我对他说:"我送你去幼儿园，如果到了幼儿园门口你还没有改变主意，我就带你回家。"

我们一起走到了幼儿园门口，他还是哭，不肯进去。我就带他离开了幼儿园。我没有意识到，这并非一次普通的离开。这次离开带来了无数次的离开。在我这么做的时候，就不得不在以后的日子，睁大眼睛仔细观察小孩与学校之间的关系，并且不断为之做出调整。我甚至不知道这样好不好。

在上幼儿园之前，我们给他在小区里找了一个非常好的托班。托班只有十个小孩，老师却有三四个，对小孩无微不至。上幼儿园之后，托班依然欢迎他时不时回去，结果这个过渡期变成了一种对比，小孩敏锐地感觉到了两种生活的差别：一种是充满爱与关心的，一种是充满了规矩和要求的。在托班，不午睡可以玩，在阅读角看书。在幼儿园，即使不午睡也必须躺在床上。不午睡的小孩让老师们头疼，刚开始老师们想要训练他午睡，但没有效果，于是老师们也疲惫了，烦躁起来。

当时他还很小，对很多事情不能准确地表达。有一天晚上临睡时，他说前一天因为他大哭，一位老师带他去洗手间，拍打了他的腿。

我们去了幼儿园要求查看监控视频。在这之前我做了充分的思想准备，主要是给自己打气。我准备表现出一种疯狂和歇斯底里，以便吓住对方，让他们知道我不是那么好糊弄的。为了防止幼儿园用温和的手段轻松打发我，我准备做一个不讲理的人。那天我认为自己是个准备表演的演员：戴着口罩，穿了一身严肃的衣服，皱紧眉头。

当幼儿园园长试图跟我说一些老生常谈的话的时候（"这是不会发生的，是不是小朋友记错了，我们学校非常关心孩子，是你们的孩子有问题，无法融入"），我一句话也不说，像一块石头，对她的话语嗤之以鼻。之后我说了一些根本无法查证的谎言，比如我认识教育局的人，我有投诉途径和方法之类的。园长立刻开始推诿，找到了负责教学的主任。这位主任态度诚恳了很多，她说幼儿园的教育和管理上或许存在问题之类的，并且很希望通过沟通解决。我依然扮演那个强势的角色，要求查看监控视频。

最终，我们得以查看了监控。然而因为洗手间附近没有监控，所以对小孩说的那件事实际上无法查证（或许也正因为如此，老师才会把小孩带去洗手间处理他的情绪问题）。但我们看到了他午睡时的状态：

因无法入睡而翻来覆去；因为他不停翻来覆去，老师们也很不耐烦，对他非常冷漠，无论他如何求助或者有什么需求，她们都用置之不理来作为一种惩罚；有时老师还会趴在他的头顶上玩手机，他也因此更不可能睡着。熬过漫长的时间之后，他会在午睡结束、老师拉开窗帘的那一刻立即坐起来。这个迅捷的动作让我备感心痛。这种心痛让我失去了语言，也失去了愤怒的动力。园方向我们道歉，为老师们的态度和做法。但这些都不重要了。我也不想再追究任何事，不想责备任何人。我给小孩办理了退园手续，一言不发地离开了那里。

孩子应该在幼儿园中学习适应社会，这是很多人的想法。怎么能因为一点挫折就带他回家呢？但或许不是孩子无法承受，而是作为妈妈的我无法承受那种想象：一个弱小的孩子，如何在自己无法对抗的环境中，带着恐惧与服从生活。周围都是大人，而他还那么小。如果他不令大人满意的话，大人几乎可以随意对待他。想到这里，我无法置之不理。

接着我们开始了寻找幼儿园之旅。我们先去看了一个小型的所谓"华德福"幼儿园，这一类幼儿园的理念一直是让孩子们自由成长吧？结果也必须午睡。

后来又去看了一个评价很好的幼儿园，这个幼儿园不仅不需要午睡，还有一个大滑梯，可以从二楼滑到一楼。但是离家太远，每天开车过去要很久，而且下午三点就放学了，价格也很贵。

别的孩子都在正常上幼儿园，我们的小孩到底是出了什么问题？甚至，也有很多孩子都不想午睡或者无法午睡，但他们还是在正常上幼儿园（"午睡时他们就躺着呀"）。所以归根结底是我们的问题吗？我不得不陷入自我怀疑。

于是，把他放在家里半年多之后，他又上了第二个幼儿园。这个幼儿园的活动区很大，老师似乎和善了一点。我们满怀期待。虽然午睡的问题依然没有解决，但"就当躺着休息吧"，我们也是这样安慰自己的。

在第二个幼儿园待了一段时间之后，小孩开始咬手指，一种明显的感受到压力和焦虑的状态，还出现了尿频的问题。他不断要求去洗手间，尤其是晚上睡觉前，即使根本没有尿，他也要一遍遍地去洗手间。我逐渐意识到上洗手间是他逃避睡觉的一种方式，而这显然是在幼儿园午睡的压力下，他自己逐渐摸索和强化出来的一种下意识的行为。我们问了老师，果然他在午睡时也总是要求去上洗手间。

有段时间我问他幼儿园的事情,他说:"土豆今天中午又不睡觉,大哭大闹,害得我也睡不着。真讨厌。"这句话让我觉得很奇怪,因为不像他的语言,而像一种模仿。他在模仿谁呢?

我想到了雪莉·杰克逊的一篇小说,叫《查尔斯》,讲的是一个孩子从幼儿园回家后总是跟父母抱怨一个叫"查尔斯"的孩子。查尔斯在学校不停捣蛋,同学和老师都不喜欢他,以至于父母产生了好奇:"究竟查尔斯是谁?"结果到幼儿园一问老师,根本没有任何孩子叫"查尔斯"。很显然,那些事情都是孩子自己经历的,而不是什么查尔斯。

我由此想到:"土豆会不会就是他自己?"虽然幼儿园确实有小名叫"土豆"的孩子,但我当然知道我的小孩睡不着不是因为别人吵闹,而是因为他就是睡不着。那么他在重复谁的话呢?这个指责是真的在指责土豆,还是别人在指责他?或者别人在指责土豆的时候,这句话是不是也给了他很大压力,以至于他开始学习这句话,想通过这样的方式把这种压力转移掉?

当时我们已经给他报了幼儿园的暑假班,但最终,我们退掉了暑假班,也退掉了幼儿园,将他再次带回了家。在家里自由地待了一段时间之后,他既不再咬指甲,也不再尿频了。

我们的育儿,从"轻松模式"切换到了"困难模式"。很多人,包括我的父母,都劝我们狠心一点,让他去经历,因为"小孩总要去克服困难的",但为什么我们要制造本来不存在的困难,让小孩去克服?

生了小孩我才明白:孩子千差万别。就像人类本来就是千差万别的。有的孩子喜欢午睡,需要午睡;有的孩子无法午睡,也不需要午睡。而很多幼儿园将无法午睡的孩子认为是"不乖""表现不好"的。有人说:"我小时候因为无法午睡,从来没能进入那个表现好的孩子才能进的玩具房。"还有人说:"曾经因为不能午睡而在幼儿园被罚站。"但那根本不是孩子的错,也不是孩子的意志可以解决的问题。想起我小时候,也是一个不爱午睡的孩子。小学的时候学校也强制午睡,我极度痛苦无聊,经常躲在课桌下面看书。有一天我实在受不了了,带着全班同学不睡午觉,在教室闹了一个中午,引来全校围观,最终被叫了家长。

我都不爱睡午觉,自然很难逼迫小孩去睡午觉,也很难逼迫他去适应让他焦虑的环境。于是那年十月,在小孩5岁的时候，我们带着他搬到了厦门，去了一个主张自由发展和户外运动的幼儿园，在那里，不午睡的孩子们可以在图书馆看书，或者在教室玩。

"午睡"的问题以"搬到另一座城市上幼儿园"这样复杂的方式解决了，但小孩晚上睡觉的问题越来越严重。他越来越难入睡，睡得越来越晚。我们越来越失去耐心，越来越容易发火。绝望笼罩着我们，一个小孩，他不睡觉，你能怎么办？你又不能把他打晕。无论我们使用什么办法，他就是不睡。天哪，真是让人要疯掉。白天运动，也没用；晚上放音乐、按摩、讲故事，通通没有用。

偶尔他早早睡着，我们就感觉被神眷顾了一样。

现在回想，或许一切是从买了那张小床开始的。有一天我们去逛家居店，看到了一张小床。我们想，他也不小了，或许可以分房间睡觉了？我们没想要那么快，但先买回去也无妨，做好准备嘛。我们把小床运回家，小孩的爸爸开始装那张床，费尽所有力气，中途还装错了，不得不重来一遍。等他装好的时候，小孩将之视为一个新的大玩具，说今晚就要睡小床。

我当然说："好。你想好了没有呢？"他说想好了。孩子都这么说，他们根本不能对自己说的话负责。但我们是幼稚的父母，立刻就相信了。当天他就搬进了自己的房间，单独睡在了小床上。

似乎前两天挺不错的，我们有一种生活进入新阶段的幻觉，可以将小孩更多地从我们的生活空间中排除。结果，第三天半夜他来敲我们的房门，把我们从最深的梦境中惊醒。他说自己害怕，我就去他的房间陪着他，直到他睡着。我回到自己床上，不知道多久之后，他又来敲门。我们的睡眠完全被毁了：他总在我们睡得最沉的时候来敲门。

要让他回到我们的房间吗？再坚持一下吧。新房间已经全部收拾好了，而我们房间里他睡觉的垫子已经被我们迫不及待地收了起来。我们轻信了他的说法，认为他已经可以独自睡觉了，而且刚开始他也做到了，我们就把这视为必经的波折。

情况时好时坏。他有时睡得还可以，有时半夜来敲门，没有什么规律。晚上临睡前他有时会说自己害怕，我并不太相信，觉得只是他不想睡觉的借口，只是想让我们多陪陪他。总之，他睡觉越来越难，越来越晚。后来我们索性放弃了努力，任由他在房间里折腾然后睡去。我们在各自的书房里看电影。

我也不知道小孩是如何面对那种压力的……每次

开门看到他还没有睡,或者以为他睡了结果他又出来上厕所,我们都用一种失望的表情看着他,忍不住叹气,有时还会发火。每次想到这里,我就会深深地意识到我们是多么糟糕的大人,会因为孩子无法在计划内睡觉而情绪失控。

但我也想原谅作为父母的我们。我们非常疲惫,而所有人都说孩子的睡眠特别重要,它关乎孩子的发育与发展,与他的身高、大脑都很有关联。我们因此而焦虑不已。当然,最重要的是,孩子不睡,大人就得不到真正的休息。

到了厦门之后,我们租住在一间民宿,房间在三楼。我们当然不能让他一个人待在三楼睡觉,需要陪伴他,保证他的安全。天气舒适的时候,我们就在房门外站着陪他。天气冷的时候,我们只能站在洗手间里面陪他。两个人在昏暗的洗手间里站一个小时让我们更崩溃了。

有一天我实在受不了了,说:"我陪你睡吧。"我躺在了他身边,这是我第一次真正陪睡,之前最多只是"待在他身边不远处"。我教他闭眼、不要说话、关闭大脑……他在半小时之内睡着了。我大吃一惊!

原来他并不需要独自在床上打滚一个多小时才能睡着？原来他不是睡不着，而是"不会睡觉"，他需要大人的帮助。

有人对我说："原来你不知道吗？有些孩子是不会自己睡觉的，他不知道困，也不知道要闭上眼睛。"

我真的不知道！因为他从小睡觉那么容易，我以为睡觉是天生就会的。怪不得有一次他对我说："妈妈，我的眼睛闭不上。"我以为他在胡说八道。难道连闭眼这件事都需要学习和练习？

在小孩 5 岁的时候，我才第一次听说"人类连睡觉都不是天生就会的"，这简直刷新了我的认知。但我无法去求证这件事的真伪，不知道这是不是一个科学的说法。我一直以为人类累了困了就会睡啊，岂料有人告诉我："小孩困了可能反而更加兴奋与焦躁。"那我们小时候是怎么学会睡觉的？是自然学会的吗？还是说，只是我们的小孩需要学习睡觉，只有我们的小孩睡觉这么困难？

从不需要陪睡的小孩，到现在需要我陪睡了。偶尔伴侣想去陪，但小孩拒绝，他想躺在妈妈身边。别人养孩子的过程是：一起睡觉、分床睡觉、分房睡觉。而我养小孩的过程是：分床睡觉、分房睡觉、一起睡觉。

难道"一起睡觉"这件事根本无法逃避,必然会发生？每晚伴侣给小孩洗完澡，将他送上床。在黑暗中我陪他躺着，安慰他，抚摸他。入睡时间半小时到一个小时不等，有时会更长……

本来晚上是属于我自己的时间，现在时间又消失了，消失在育儿的黑洞中。小孩的睡眠是无法预料的，有时他白天玩得那么尽兴，户外运动如此充足，晚上却并不能很快入睡。陪睡变成了新的修行，结果完全没有规律，也总是出乎意料：有时他很快睡着，有时迟迟不睡。我在黑暗中不断告诉自己要有耐心。

一旦对孩子产生期待，就会随之产生期待不被满足的焦虑，我从睡眠这件事中领悟到了这一点。所有的痛苦并不是孩子的错，而是父母提前的期许：他今天玩得这么累，应该很快会睡着吧？一旦没有，焦虑就升腾起来，随之变成了愤怒——为什么他还不睡？"你怎么还不睡啊？"有时我甚至会绝望地喊出来。

有时候我感到温馨甜蜜，我们拥抱在一起，我安抚他，他很快睡着；有时候我疲惫又绝望，感觉那是一种酷刑，无论我怎么做，他都还是没有睡着。

我不禁回忆起他更小的时候，是的，那时他很乖，很容易睡着，但他害怕吗？父母之所以认为孩子能轻松地独自在房间睡觉,是不是因为孩子那个时候还无法表达恐惧?之后这种恐惧以另一种形式回来了?

也可能是因为在小孩婴儿期时我没有陪过他,他在身体上缺乏妈妈的关爱?他一出生就睡在小床上,当时我以为这个做法很先进,现在我开始怀疑。现在我抱着自己的小孩,他尽力蜷缩在我的怀抱里,像是回到了子宫之中的姿势。我感到了极度的甜蜜与爱。我或许应该早点抱着他睡觉的,那样的话他就不会这么难睡着了。也或许这两件事根本一点关系也没有。

有一天我来月经了,情绪波动很大,很伤感,对小孩说:"今天是每个月妈妈流血的日子,我有点累。"黑暗中,一只温柔的小手忽然伸过来,轻轻按摩我的肚子。我在那一刻既快乐又伤感。大人总希望孩子符合自己的期望,而孩子只懂得爱我们。

在小孩 6 岁之后,他的睡眠渐渐稳定下来,不再那么难睡着,睡眠时间也还不错。之后,慢慢地,他入睡越来越轻松,折磨我的时间过去了,就好像之前那些痛苦的时光从未存在,只是我的想象,原本具体的痛苦变得遥远了、模糊了。

当一切转变的时候,我感觉不可思议,我们肯定是做错了什么，但无法肯定具体是哪里做错了。或许是睡前给他的安静与安抚不够？或许是让他睡得太晚了？回忆起我们小时候，确实睡得很早。为什么现在的孩子会越来越晚睡了呢？我们是不是用自己的作息影响了他？以及，是不是我们的焦虑和催促让他更难入睡？这些都变成了疑问。

如果再来一次，我会从他出生开始就多多地抱他，我会在黑暗中陪他，直到他睡着。无论他的睡眠是否顺利，我都会尽力保持平静，让他感到放松。睡眠当然是重要的事，但也没有那么重要。孩子的睡眠有着不同于大人的规律，也非大人所想象的那样顺利。对孩子来说，最重要的不是睡眠，而是爱与安全感，是亲密，是无论他能否睡着，父母的爱都包裹着他。

吃饭也不行

"孩子吃饭的情况与学习的情况完全相关，"这是很多大人的观点，"吃饭好的孩子，学习也会好。"

吃饭被赋予重大意义，而不仅仅是进食本身。吃饭意味着进入了一种秩序，一种规则，意味着孩子有了某种自控能力，有了规则感。

然而，我们在吃饭这件事上，遇到的只有挫折。5岁的时候，他对吃饭依然不感兴趣，不能坐下来好好吃饭，而是喜欢边玩边吃。我怀疑他有ADHD（注意缺陷多动障碍），带他去看医生，并没有得出什么明确的结果。

这就是我一塌糊涂的育儿生活：我的小孩连饭都不会吃。

他只需要喝奶的时候，一切都太棒了，他大量喝奶。然后到了他该吃饭的时候，我们把他的专属餐椅放在桌子前，摆上餐具（认真挑选的健康、环保而且可以吸住桌子的盘子；安全、顺手的勺子和叉子）、食物（不记得是些什么了）……期待他学会自己吃饭。在我们的幻想中，一切都是自然的、理所应当的。我们将一起吃饭：他吃他的，我们吃我们的。能跟小孩一起吃饭让我激动，感觉生活展开了新的场景。

结果他根本不吃，并且搞得到处都是。如果喂他吃饭，大概只要10分钟；让他自己吃，先不说他要吃多久，我们打扫就得半小时以上。但我们是新时代的父母，我们决定用毅力来培养他早点"自主进食"，而不是喂食。

很多人鼓励我们，说这是非常棒的抚养方式，这样做以后能省去父母很多麻烦。我们为了这个目标竭尽努力。我想了一个办法，买了别人装修时用来遮挡灰尘的大卷超薄塑料纸，每次剪一段铺在地上，然后把小孩的餐椅放在这片塑料纸中间。这样我们就不需要打扫掉在地上的饭菜，只需要在小孩吃饭结束之后，将塑料纸拢起来扔掉就行了。是，这样很不环保，但，我已经没有办法思考环保了。

然而无论怎么样练习都没有进展。他不吃，只是摆弄食物，或者吃一点点，大部分都扔掉了。最后我们不仅要打扫，还要帮他换衣服洗澡甚至洗头发。因为他搞得食物到处都是。

现在想来，我们当时或许搞错了。小孩需要的，是一个放松愉快的用餐环境，而不是被要求迅速掌握一种技能。应该先给他喜欢的，用手可以拿着吃的东西，让他挑拣、选择，自己进食。但我们的做法完全错了：我们太想"教育"他，太想"训练"他。

一切都是徒劳和反复的磋磨，我们终于吃不消了，放弃了。那就喂吧。即使喂他，也不是就顺利了。小孩让我们知道了父母能力的有限。他就是不肯吃饭，至少不愿意用我们的方式或者按照我们的时间来吃饭。很多人建议我们饿他，我们不太能做到，而且一两顿不吃他也毫无反应,并没有太多饥饿的感觉。从吃饭这件事上,我发现父母是多么无能,孩子如果不想做,他有很多很多的办法拒绝。即使我们把食物喂进他的嘴里,他不嚼,也不咽,就含在嘴里。我勃然大怒,同时也无可奈何。

育儿的痛苦击穿了我。不是别的,而是这些最基础的东西:吃饭、睡觉。小孩很乖巧,他很安静,他很可爱,他很机灵。但他不爱睡觉,也不爱吃饭。他是同龄人中最瘦的一个。

中国传统对孩子的标准,就是"白白胖胖"。一个瘦小孩让很多人都感到不自在。人们看到我的小孩,都会忍不住惊呼"他好瘦啊"。这显然给了我很多压力。即使我并不在乎他是胖还是瘦,也还是被这些评价影响了。我希望他至少看上去能"稍微正常一点"。

还有一种焦虑是,如果一个孩子不爱吃饭,那他能长高吗?身高也让父母感到焦虑,因为现在的孩子越长越高了,如果我的小孩长不高怎么办?

爱吃饭的孩子和不爱吃饭的孩子,简直是两种孩子。爱吃饭的孩子让人感到愉悦,他们对食物充满了感情和兴趣,就好像是对这个新世界充满了感情和兴趣。他们看上去很快乐,他们的父母也很快乐。

不爱吃饭的孩子吃饭时眉头紧锁,在大人的压力下他们更感愤怒,看上去比爱吃饭的孩子更难搞,跟大人之间的气氛更紧张。爱吃饭的孩子可以轻松获得大人们的夸奖,不管是父母还是旁观者,他们看到孩子吃饭就好像看到了一件特别有趣又了不起的事情:"哇,好会吃饭!""吃好多!""面条都能自己吃!""好大口!""太可爱了。"

爱吃饭的孩子笼罩在一种欢愉的气氛里。他们知道自己在被夸奖被赞美,他们欣赏食物的美味。不爱吃饭的孩子周围笼罩的气氛则令人不快,充满了焦虑和压力,而这种气氛令他们更不爱吃饭了。

我妈在小孩很小的时候,试图喂小孩吃饭,被我喝止了,我们因此大吵一架。结果几年后,她发现我还在追着小孩喂饭,于是发出幸灾乐祸的笑声:"以前需要喂的时候你不让喂,现在别的孩子都自己吃饭了,你却还在喂饭。"

我气得要死又哑口无言。是的。我们只能让他边玩边吃。玩的时候他轻松开心,还能吃一点。如果让他坐在那里,他就不肯吃。

我想了很多办法,比如给他规定时间,在半个小时内吃完才能玩玩具,并没有用;给他手拿着就能吃的食物,比如胡萝卜、奶酪、虾仁,这个方法也就奏效了一阵子……威胁、哄骗,都没有用。但如果让他边吃边玩,走来走去地吃,<u>丝毫</u>不管他,他可能就轻松吃完了,也可能完全忘记了。总之,吃饭这件事变成了对我来说不可能解决的问题。

有段时间我似乎想通了:"小孩总有一天能学会吃饭的,现在喂就喂呗。如果喂饭这件事让大人和孩子都感到轻松,而不再是互相对抗,那不是一件好事吗?"自我安慰几天之后,我又会因为他的吃饭状况焦虑起来,如此反复不断。

连孩子吃饭都搞不定的人,能讲出任何育儿的道理吗?应该是不能了。睡也不行,吃也不行,我们是一对育儿完全失败的父母。

得出这个结论之后,我们的育儿之路,倒是变得无所谓起来。我们是没办法教会孩子吃饭的父母,还要我们怎么样?

小孩不爱吃饭也算在一定程度上解放了我们。既然小孩不爱吃饭,那就等于给他吃什么都一样。只需要保证一定的营养就行了。如果小孩有爱吃的东西,那必然要殚精竭虑，但他不爱吃，那就算了吧。我成了简单饮食的拥护者。我给小孩准备芝士球、蔬菜、面包和鸡肉或者牛肉，这就是他简单的一餐。

我们也没有很正式的家庭餐桌，我们各自吃饭，他吃他的，我们吃我们的。甚至有时候我们两个人也各吃各的。小孩的饭放在一边，他玩一会儿自己来吃。

后来我在一本育儿书上看到"孩子可以边玩边吃"的时候，简直要掩面哭泣。不管这说法对不对，都解救了我：我没有做错，小孩也没有错。他可能只是太喜欢玩了。

他的伙伴有好几个也是要边玩边吃的孩子，当他们来我们家做客的时候，都是一边玩一边吃饭的。有一天，我们家里来了一个比他大几岁的孩子。那个哥哥坐在桌前好好吃饭，于是我们的小孩也坐在桌前好好地吃了饭。那几乎是他在家时第一次坐在桌前，跟我们从头到尾地吃饭，或许正是因为那个哥哥在对面陪伴，使他觉得吃饭不那么无聊。他在学校的时候，也能跟朋友一起好好坐着吃饭。这使我意识到我们家的餐桌一直充满了无聊，因为父母都沉浸在自己的世界里，在这张无聊的餐桌上与小孩互相拒绝。

意识到这一点之后，我彻底接受了他边玩边吃的习惯。家庭的用餐气氛变得轻松之后，小孩吃饭却变得好了一点。一开始他需要大人催促才能吃完，后来他能够自己吃完。再后来他吃得更快一点。最后他吃饭已经不怎么让我们痛苦了，变成了一种需要督促的普通困难，甚至他的脸都吃得圆了起来。不知道是不是因为时间到了。据说6岁之后，孩子的吃饭和睡觉问题都可能会得到缓解。而所有的育儿问题，说不定最终答案都是：时间。

小孩的吃饭问题就这样渐渐地淡出了我的脑海，再次想到这个问题是因为我的胃不舒服，不仅要少吃，还要尽量吃慢一点。我这才发现，原来快速吃饭不容易，而慢慢吃饭同样也这么难。因为我小时候家里食物并不丰富，吃饭时有一种需要眼疾手快的焦虑，吃得慢也会被催促。后来在寄宿学校食堂吃饭时，一张大圆桌上就那些菜，围着饭桌的却是处于青春期、饿得嗷嗷叫的青少年，吃慢一点就有可能吃不饱。即使后来长大，不再担心吃不到或者吃不够，吃饭的焦虑却从未散去。我吃饭非常快，以自己意识不到的速度。当我意识到要慢点吃时，往往已经吃完了。

长期吃饭过快使我的肠胃处于焦虑中，也可以说正是因为焦虑我才吃饭如此之快。肠胃在中年之后经常不舒服，以抗议这种焦虑。我在这个时候想到了吃饭总是随心所欲的小孩。我为什么要在吃饭这件事上为难他，给他压力？只是吃饭而已。一个人能放松地吃饭不好吗？我一边尝试慢慢咀嚼，一边这样想着。

教育的挫折

那天傍晚，我和小孩跟朋友在公园愉快地玩完，一起走回家。在非常轻松的氛围中，没有任何东西触发，小孩忽然说："以前，我在那个游泳的幼儿园（第二个幼儿园），中午睡觉的时候，老师说我再不好好睡，她就用胶带把我的眼睛贴起来。"

我震惊了，问他："你为什么之前没有跟我说过？"

"她还真的去拿了胶带来。"小孩继续说，他笑嘻嘻的。在这之前，他从未提过这件事，也从未诉说过自己的恐惧。事情过去了两年多，他才能说起那些压抑的时刻。就好像此时的放松才给了他面对的空间。

他又说："后来你们帮我请假，我还以为请完假要再去上学。结果你们说可以不去了。"他的脸上洋溢起笑容。当时我们做决定时，并不知道这些，只是感受到了他的焦虑。现在我们才明白，当时的决定是多么正确，退出那个幼儿园，退掉了暑假班。他从来没有说过，他当时是多么开心，多么如释重负。或许因此也对父母产生了一点信任。

他提到的这个幼儿园，每周还有两节游泳课。从外面游泳课的价格来说，这两节游泳课就值回票价。我们当时也跃跃欲试，希望小孩能趁此机会学会游泳。

结果，上了一节之后小孩就拒绝再上任何游泳课，因为他不肯下水（或许是练习憋气时不肯头部入水），教练态度比较强硬，强迫他那么做了，他呛了水，产生了巨大的恐惧，从此彻底拒绝上游泳课，如果有游泳课他就拒绝上学。为了让他正常上学，我们只好跟老师打招呼，确定游泳课他可以不上，而是留在教室玩。每周二和周四是有游泳课的时间，他一早起来就会问："今天要游泳吗？我不要游泳。如果要游泳我就不去上学。"

甚至，之后他在校外也不肯学习游泳了，连游泳池都不愿意下。他曾经对我说："你知道吗？水很奇怪，游泳池的水看上去很浅，其实很深。"

真是令人目瞪口呆。本来是学习游泳的课程，却给小孩留下深刻的心理阴影。教育真的是如此之难，如此出人意料吗?

两年之后,小孩自己看了一则麦当劳广告:爸爸鼓励自己的儿子练习水中憋气,成功的话就带他去吃麦当劳。虽然我的小孩想吃就可以吃麦当劳,并没有限制,但不知道为什么他被那个广告感染了,主动开始在家练习水中憋气,并且很快学会了。之后他去了一个教学很宽松的地方学游泳,教练让孩子们自己玩,他自己尝试游起来,感到了很大的乐趣。

糟糕的环境和方法会让孩子恐惧厌倦,留下深刻的心理阴影。那么好的学校呢?

有一整年我们都在厦门海边的幼儿园——漂亮的学校,友好、专业的老师,宽松的环境,全英语教学。早晨我们沿着海边将他送到幼儿园,海水很美,天空透明清澈,海风吹拂,有时狂躁;傍晚我们再次沿着海边走路去接他,天空呈现出粉紫色。小孩在幼儿园运动、爬树、眺望大海。这是不是梦中的幼儿园?

然而,无论在多好的学校,孩子都会遇到独属于自己的问题。对我的小孩来说,他遇到的最大问题是语言。在这之前他完全没有学过英语,却忽然被扔到一个全英文的环境里。因为年龄的问题,他直接去了大班，而大班已经对孩子有阅读和书写的要求。但孩子们玩的时候用的又是中文。因此，我的小孩更加对上课感到不耐烦，只想要玩。

老师拍的视频里，其他孩子都在用英文回答老师的问题，只有他摇头晃脑地躺在一边，一脸茫然，什么也听不懂。他一个人孤独地身处其中，那种感觉大人没有去想：是，幼儿园很漂亮，很好玩，老师很温柔，但这一切都不能抵消孤独。更何况其他孩子都认识很久了，他却是个陌生人。刚开始的时候，老师拍的照片中他都是一个人在玩。

他对学校的感情也很复杂：最好是不要上学，但比起以前所有的学校，当然是这个学校最好玩。他每天都面临着选择，要如何面对那一天。

等意识到这些的时候，已经是我们离开海边城市几个月之后了。我们回到了家中，他既不提及幼儿园，也不提及任何的同学、老师。偶尔问他，他语焉不详。我在此时才意识到他是一个多么敏感、心思复杂的小孩。也可能并不复杂，只是他很擅长关闭自己，他关闭了大脑，也关闭了心灵。那么，在一个梦幻但孤独的地方，他是如何度过的呢？

这些对我来说都成了谜团。一个幼小心灵里的海啸，或许是持续的地震，而我们均不了解。小孩离开自己熟悉的环境，来到一个美好但陌生且语言不通的地方，他要学习那里的规则，适应那里的环境。大人把这一切想得太理所当然了。

最终，他的英文没有取得太多进步。每次我看到英文流利的孩子时，心情很难不沮丧，也会失望，并因为这种失望，而对自己更加失望。我说希望他快乐，但其实我希望他快乐的同时并没有放弃对他的期待。

我自己是传统学校体系下的幸运儿，成绩不错，还保留了一点个性。被优绩主义培养起来的我们，尤其是在其中幸存下来的人，很难不把那种焦虑传递下去。但现在很多事情都不一样了，包括学校教育渐渐趋于紧张。我们想给孩子更宽容的教育，想让他快乐成长，但这渐渐变成了一件困难甚至荒谬的事情。而这其中最荒谬的就是，父母本人才是最需要调整的人，而不是孩子。

我们这代人都希望自己的孩子更自由，但如果他被放进那个评价体系中，那么自由这两个字到底是什么意思？家长如何面对孩子在评价体系中的"失败"，并坚持这份自由的意义？这变成了很多人的疑问。幼儿园时期尽情玩耍，那么到了小学怎么办？焦虑的不一定是孩子，而是大人。尤其是，如果其他孩子都学得不错，只有自己的孩子不行，大人真的能接受这份落差吗？

我总是说要给小孩自然发展的机会，要保护他的好奇心和玩耍的能力，并且因此感到怡然自得。那或许是因为周围的孩子都在玩。随着朋友们的孩子慢慢长大，有的孩子英文等级跃升，有的孩子运动能力渐长，有的孩子成绩特别好……我还是忍不住会焦虑，担心是不是做错了什么。

父母的教育理念如果得不到大环境的支持，可能就很难持续。朋友们当然也有这种困惑，或多或少都在为孩子上学的事情发愁，想了很多办法。得益于朋友们的各种尝试，我才能了解到其他教育的样子。

一个朋友的孩子一天都没有去过幼儿园，等他到5岁的时候，却成了孩子们中间发展得最好的一个。他有自己喜欢的体育运动，很擅长攀岩、轮滑；有很强的专注力，还有很好的情感表达能力和社交能力。他的妈妈花了很多时间陪伴他，接纳他的情绪，支持他自我探索和学习。这对大人的要求很高，因为要求大人有着充分的自觉、自省，有对孩子的观察、思考。

这些要求，比找个好学校难多了。

在允许 homeschool（在家上学）的地方，很多父母选择让孩子 homeschool，他们认为学校教育对孩子个性的宽容度不足，不适合孩子个性的需求。虽然现在网络上教育资源非常丰富，教材多样，在家就能听到名校名师的课程，但 homeschool 对家长的要求非常高，家长要化身为老师，化身为孩子与知识之间的桥梁，这太困难，也太艰苦了。更何况孩子也需要去集体生活中感受和体验。

更多朋友选择寻找国外的学校。有人去了芬兰，芬兰的孩子们尽情地在户外玩耍，正式开始学习的时间会晚一点，据说芬兰还在研究是否要让孩子更晚开始正式学习；去日本的孩子也总在玩，但需要很早学会生活自理，自己上学和回家；去泰国的孩子因为经常情绪崩溃而在教室外面有了一个属于他的情绪帐篷，他在里面放了喜欢的东西，情绪不好的时候可以进去平复自己。

如果不是生孩子，我不会去观察、思考学校是什么，教育又是怎么回事。我不会如此仔细地反观自己。我们在传统教育中成长，对很多事情已经习以为常。

忽然，我从小孩的身上意识到，我们曾经接受的很多深入骨髓的教育，它不一定是真实的，也不一定是正确的。我很多根深蒂固的想法被动摇了。比如最简单的，我们这代人从小一直被要求坐好、挺直背、专注，手肘怎么放，如何举手……老师们认为坐好是学好的第一步。"坐都坐不好，怎么可能好好学习。"这句话很多人都听过。岂料，很多地方的学校根本不要求孩子好好坐着，而是让孩子们随意在地毯上学习，围成一圈学习，用各种姿势学习。原来学习跟坐姿并没有绝对的关系？

我在接受世界对我新一轮的冲击，因为无法在小孩身上复刻我的求学经验，而新的答案我也并不知晓。我的经验对于小孩全部失效了，我不能坚持说那些是对的、有效的，或者更合理的。我无法用陈词滥调去教育小孩。

学校到底是什么场所？据说那是学习知识与接受社会化的地方。学校已经存在了多久？或许是几个世纪。但社会也发展了好几个世纪，对教育的认知也是一变再变。我们相信小孩应该在学校学习规则，接受社会化。与此同时我们又想，规则合理吗？社会化到底是什么意思？以及，所有孩子都适合同一种方式吗？所有孩子都该在同一个系统中成长吗？所有孩子都该受到同一种训练吗？所谓的"教育"，真正的意义是什么？

更没想到的是，我们这些父母，忽然要面对以前听都没有听过的问题。比如"ADHD"，我们生小孩之前从不知道，更没有了解过，现在这个词却变得无处不在。这个朋友怀疑自己的孩子有ADHD，那个朋友的孩子确诊了ADHD，这样的消息不绝于耳，甚至我们自己也有所疑惑。还有"孤独症谱系儿童"，有远方朋友的孩子在英国确诊了；有朋友的孩子会"选择性缄默"，在学校一言不发……这些词，我们自己在成长过程中从未听说过，更别谈什么了解与经验，而要面对它们，需要的不仅仅是知识。

正是为了孩子，我的朋友们有些搬去了芬兰，有些搬去了加拿大，有些搬去了奥地利，有些搬去了日本，有些搬去了泰国……我们曾经以为自己会因为追求别的人生意义去到远方，但最终让我们四散在天涯的，并不是那些。

六年前，我在上海跟朋友们欢聚。我们脑海里的世界，与现在的大不一样。那个世界主要是由文学、诗歌、电影组成的,还有我们自己想要的成就,我们之间的友谊,以及各种暧昧、朦胧的情愫。我们自以为认识了世界,并且想描摹它的形状。我们想要用准确的语言,打动他人。

六年后,我感觉自己仿佛从一个美丽而单纯的保护罩中被拖了出来,看到了外面的一切——一种真实而混乱,无法规划的生活……我曾经努力建造了一种虚假的生活,为了过一种想象中的人生。然后我生了小孩,生活的内容不再是文学、诗歌与电影,或是友谊与爱情,而是尿布、奶粉,小孩吃饭、睡眠,他的学习与生活……是在公共场合有时不得不放弃文明的面具,去承受和安抚小孩的哭泣;是重新看待自认为是平常的一切,连最简单的事都渐渐变得困难;是不得不去思考以前从来没有想过的事。

所谓的旋涡,是你只是做出了一个微小的动作,然后它就深入到了生命最遥远的边界,与过去和未来共振。

我以为只是生一个孩子,却经历各种挫折,还跑去厦门住了一年;我的朋友当时以为只是生一个孩子,最后却举家搬迁到冬季被大雪覆盖的小镇。我们都以为只是生个孩子而已,结果生育将我们卷入真正的生活的洪流中:本来看上去可控的生活,变得从细节到宏观都不再可控。我们反复思索,不断追寻。我在其中,获得了与以前平静又单调的生活完全不同的感受——我感觉自己来到了大海。

第二部分　身份

"妈妈"到底"酷不酷"？说"不酷"像是一种贬低，说"酷"又像是一种苍白的掩饰。如果我想当一个"酷妈妈"，到底应该怎么做？我找不到榜样。

迷失的女人

我们家现在有两个妈妈了。曾经,"妈妈"是过去,是我不曾存在的时间。后来,"妈妈"变成了我的现在与未来。我和自己的妈妈,拥有了共同的身份。这是一段漫长而蜿蜒的旅程,而母女关系也可能是世界上最复杂的关系之一。

"不爱自己母亲的女人,是迷失的女人。"第一次在"那不勒斯四部曲"里读到这一句时,我感到巨大的震撼。这句话从庞大繁杂的小说世界里跳脱出来,仿佛是只针对我的质问:"你为什么不爱你的母亲?"

30岁之后到36岁生小孩之前的那段时间,我与妈妈的关系确实进入了破裂的阶段。因为长久分隔两地,对彼此具体的生活都不了解,隐秘的不可战胜的挫折以不同方式折磨着我与妈妈。我们互相挂电话,妈妈在那头哭,我报以冷漠和敌意;有时我们冲对方大喊大叫,说出难听的话。

我们争吵的只有一件事,就是妈妈希望我赶紧生一个孩子。

即使她不催我,这在当时也已经成为悬在我头顶的一个迫切需要回答的问题。我确实要在一个时间节点下定决心:生,还是不生?她就像我人生烦恼的一个实体,一个具象反应,一个从我的烦恼之镜中走出来的真实又恐怖的卡通形象,用手中的魔杖指着我,问:"你怎么还不生孩子?"

我当时没有意识到,妈妈也正在衰老和不安中挣扎着,她正在接近失败的尝试中,彻底失去对孩子的掌控。她经历了更年期,也有一点焦虑和抑郁的症状,但我们没有一个可以直面心理疾病并给予疏导和治疗的环境。她失眠,半夜给我打电话,哭泣、痛斥,觉得因为我拒绝生育,我俩都要倒大霉了。我冷漠而不耐烦地将电话挂断。她当时需要的或许是心理医生和抗焦虑的药物,但她认为这一切都是我不愿意生孩子造成的。

只要我愿意生孩子,那么一切都会好起来。

妈妈给我的压力,以及"妈妈"这个角色给我的压迫，在那个时候完全重叠在了一起。我抗拒的不仅仅是我的妈妈本人，还有"妈妈"这个角色。

30岁出头时，我极度不想成为妈妈。虽然从某种角度来说，我考虑这个问题已经算是比较晚了，但依然不能做出决定。我并没有想过一定会度过没有小孩的一生，但暂时我还不想生小孩，这两者矛盾地并存在我身上。

我不想成为妈妈，并非因为自己的妈妈做得不好，恰恰是因为她是完全奉献型的有爱的妈妈。奉献爱，然后获得一点肯定（这种肯定甚至不一定必须是有爱的）即可。一种完全不计较投入、成本与收益的人类行为，简直惊吓了我。她绝对地克制自己的物质欲望，节俭到了自虐的程度，最终这些欲望都化作了她对我的期待。这种期待的力量简直可怕。

人不可能达到妈妈所期待的那种幸福，要怎样才能让她懂得呢？

30岁后的前几年，都是我与妈妈斗争的时间。我的妈妈，婚姻看上去没什么不妥，甚至可以说恩爱。（之前的）亲子关系也很亲密。但这种亲密缺乏被传承的渴望，好像是被什么阻拦了。

阻拦着我的，或许正是女性的身份。在往日的生活中，因为幸运，我似乎已经摆脱了性别桎梏。我有一份还算喜爱的工作，正在努力创作，想获得一点成绩；有一段较为平等的亲密关系。但生育，生育必须要我自己来，没有任何人可以分担。如果我想生一个自己的小孩，就必须怀孕10个月，忍受分娩的痛苦，之后还有漫长的身体修复过程。每次想到这里，感受到的与其说是恐惧，不如说是愤怒："为什么我非要承受这些？有什么好处？""妈妈那么爱我，但她到底从我这里得到了什么？"

我不断地从妈妈身上反思，她辛苦地生下我，养育我，最后得到的是一个不停跟她作对、让她痛苦的女儿。这种生育有什么意义？值得我去奉献自己吗？我迷惘不已。

妈妈对我的催促，在她自己看来依然是出于爱。她觉得她是"为了我好"，她不能坐视不理我陷入什么深渊，或者被什么东西一时蒙蔽了双眼，错过了她心目中最重要的东西。

我对她说："我不想受苦。"

妈妈说："生下你，我很幸福，一点也不苦。"她自说自话，自己判定。我的妈妈，如果可以的话，或许会拿着枪逼我受孕。

上野千鹤子曾经说，妈妈们经常说"这都是为了你好"。为人父母者多多少少都会用这种方式控制子女，然而很少有人会意识到，"为了你好"其实是"为了我好"。

妈妈们不仅嘴上说"为了你好"，而且她们心里真的如此认为。但实际上，这也是"为了我好"，恐怕很多妈妈都很难承认这一点。妈妈也有自己的难处，自己的私心。催着女儿结婚生子，说是为了女儿的以后着想，希望女儿幸福，但实际上，至少在当下，"担心自己被别人看不起""希望别人觉得自己是幸福的"，或者是要女儿去代替妈妈完成她对幸福的想象……这些隐秘的愿望也是存在的。

我也是后来才意识到，妈妈向我施加的压力，恰恰也是她自己承受的压力。周围人对她有一个大龄不育的女儿投注的关注，让她在自己的小环境中如坐针毡。妈妈爱我，但她也有自己的烦恼，她会向女儿发泄情绪与压力。

我与她都对我们关系的恶化感到惊讶，但更惊讶的还是妈妈。有一天她自言自语地说："我记得你以前是个很乖的小孩，什么时候变成这样了？"我不知道她说的"以前"究竟是什么时候，她对我的印象到底停留在了几岁。

确实,我与妈妈的关系并非一直如此紧张,也有过很多美好的记忆。

妈妈在30多岁时,剪着短短的头发,骑着自行车去上班,是为数不多坐在办公室里的乡村女性。说是职业女性,职务仅仅是仓库保管员兼会计,拿着一堆钥匙,有一张办公桌。我很喜欢作为职员的妈妈,放学后就在她的办公室玩。一个人应该有自己的办公室和办公桌,这也成为我对成年生活的最大认识。

虽然工作环境还不错,但工资非常低,厂也慢慢不行了。我记忆中它缓缓衰落,见不到几个人了。我开始上初中,每天的行程换了一个方向,便很少再去。家里经济紧张,我为一件几十块钱的衣服跟妈妈吵架。妈妈的朋友都劝她让我去读当时最热门的"中师",初中之后上三年"中师"就能直接出来工作,不仅可以省下学费,而且毕业就能当老师,有一份收入,可以补贴家庭。这在很多人看来是贫穷家庭女孩的最好路径。但我想读高中,考大学。妈妈无条件地支持了我。我在那一年考上市重点中学,比分数线只多了一分。查分数的时候,我的心差点从胸腔跳出来。

到了高中，就是一个更广阔的世界。我穿着家里做的布鞋和衬衫，看着那些骑着时髦山地车的县城小孩。妈妈每个月艰难地给我凑30元生活费，把厂里以前发的东西陆续卖掉。她会做满满一大罐姜丝炒肉丝给我带去学校配米饭吃。正值青春期，是长身体的时候，我每个周末都去伯父家蹭饭。到了高三，妈妈很担心我，偷偷给班主任送了一箱椰汁。我知道之后非常生气。椰汁算什么礼物呢？还不如不送。

贫穷让我们痛苦，但也让我们团结。我们两代女人有着改变生活的热望。妈妈相信我有改变生活的能力，因此我全力以赴，她也对我全力以赴。到了大学我就开始打工，不再需要家里给学费。毕业之后我很快存到了一笔钱，想要买房，就打电话问妈妈还有没有钱。妈妈很犹豫，但几天后她给我打来了十万块钱（事后我才知道这是她从亲戚那里艰难借来的，并且在几年中默默还掉了）。我用这两笔钱在城市里买了一个很小的房子。买的时候只考虑到了自己居住的方便，丝毫没有想过爸爸妈妈来了该怎么住。我满脑子沉浸在自己创建的新生活里，妈妈也从未责怪过我。几年后我卖掉这个房子，在郊区又买了一个大一点的房子。这次有了一间客房，但爸爸妈妈几乎没有来过。

在我们展现各自在社会中的位置时,我们才产生了冲突。妈妈不仅希望我是个幸福的人,还希望我是个幸福的女人,希望我满足幸福女人的标准。她把自己对生活的焦虑表达在我的身上,我们为了生孩子的事情吵架、争执。太多的眼泪和固执。

最终我还是生了一个小孩。怀孕时我情绪不佳,非常痛苦。我觉得都是因为妈妈逼我的,根本没想过,事实上,从小到大我都没有真的听过她的话。我只是借此怪罪她。还把她的微信拉黑了。

我的生育过程并不顺利,被急匆匆推进手术室。生产完,我把小孩刚出生的照片发给妈妈。过了很久之后,妈妈才告诉我:"当时看到照片里小孩的手上有点青,我就知道我的女儿吃苦了。"

只有妈妈。只有妈妈在看到小孩的时候,想到的是我。

刚生完小孩时,我陷入初为人母的甜蜜中,和小孩之间开始建立一种别人无法感知的亲密。累的时候我把头埋在他小小的肩膀上。有时候我觉得自己和他之间有一种全然的互相了解。我经常坚定地说"他饿了"或者"他困了"……我说得都对。

这时我才意识到,我的妈妈曾经与我也有过这样的联结。等我长大,这种联结慢慢消失了。对这种消失感到深深痛苦的人,不是孩子,而是妈妈。

我的婆婆来了很短的一段时间,帮助照顾小孩。她是一个脾气很好的人,沉默,埋头做事,没有怨言也没有要求。我对她态度却并不好,总是说她。但她既不生气,也不反抗。

有一天伴侣对我说:"你对我妈妈态度好一点啊。"我说:"我对我妈妈态度那么不好,如果我对你妈妈态度很好,会感觉对不起我妈妈。我要对她好了之后,才能对你妈妈好。"然后我就哭了起来。哭了好久好久。

就是在这个时刻,在我妈妈不在场的情况下,我才知道自己还是爱着妈妈的。这种还确切存在的爱,再次将我跟妈妈联结起来,在我38岁的时候。

妈妈也是一个女儿。在生了小孩之后,我才想到,妈妈她也是某个妈妈的女儿。但我妈妈没有见过自己的妈妈。她是父母的最后一个孩子,也是被他们唯一抛弃的一个孩子。有一次妈妈问我:"他们生了九个孩子,为什么唯独不愿意养我?要扔掉我?"她不能理解,心痛万分,而我无法回答。她的妈妈因为生育太多孩子，很年轻就去世了。她被扔到一个草堆里，村里一个无法生育的女人发现了她，将她抱回家抚养，成为她的养母，成为我的"奶奶"（我喊她奶奶而不是外婆）。

奶奶脾气古怪，性格倔强。在我的印象中，妈妈与她是一种"相敬如宾"的关系。或者说，因为所有人都埋没在日复一日的劳动中，无暇顾及感情。身体硬朗的奶奶，在80多岁时不小心摔了一跤，之后身体状况就急转直下。有一天早晨我忽然接到电话，说奶奶不行了。我连忙赶回老家，见到了奶奶最后一面，拉着她的手看着她去世。

妈妈一直觉得自己与养母感情并不和睦。但有一天她忽然对我说起自己小时候生病高烧，所有人都觉得她活不成了，是养母整夜整夜地抱着她，最终她竟然活了下来。她说起这些相依为命的温馨时刻，让我意识到原来妈妈也有作为女儿的回忆。

她后悔没有及时带养母去城里的医院，愧疚折磨着她。她觉得自己不是个好女儿。她不喜欢养母，觉得她脾气不好，两个人经常吵架。但就像所有的妈妈和女儿一样，她们也不可能毫无感情。终于有一天，当她再次提及这个话题时，我对她说："不是你的错。

你尽力了。"妈妈惊讶地看着我。只有我看出来了，一个女儿的愧疚。在那一刻，我们作为两个女儿坐在一起。

但我并不是在生育了之后就完全理解了妈妈，而是在了解了女性主义之后，才更深地理解了妈妈，理解了妈妈在社会中的处境，她在家庭中的地位，她作为女性的个人奋斗。

我的爸妈都出生于二十世纪五十年代后期，可以说继承了前一代悲惨的命运，却没有迎来新的转机。他们经历了饥饿的童年，贫困的青年时代，很多人都没能接受最基本的教育，是挣扎着才生存了下来。就好像蹚着历史的河而过，这条河光怪陆离，变幻万端，一切不由自己控制。十几岁时妈妈被征召去参加集体建设，跟着大人们去河里挑泥，一直没能再长高。多年后我与爸爸吵架，说他什么都不懂，他忽然红着眼眶对我说："你上了大学就了不起吗？我本来也可以去上大学！"爸爸本来要被保送上大学的，却因为没有背景，最终被别人替代，失去了那个机会。这是命运对他无情的捉弄。爸妈第一次见面相亲，妈妈留爸爸吃晚饭，煮的粥里只有几粒米。情意绵绵的背后，是悲哀而贫困的现实。我的爸妈以令人敬佩的、超越时代的方式教育我。与此同时，他们也不可能完全脱离时代，而是带着深深的创伤印记，充满不安与焦虑，并将这份焦虑传递到我的身上。

妈妈曾经跋涉很远的距离去市里上课，学习财务知识，努力想成为一个"财务会计"。现在想来，根本不是我青少年时期接触的文学作品或者影视作品鼓舞了我，而是妈妈骑着自行车上班的背影、风尘仆仆从市区赶回的模样、在灯下学习的表情……让我知道女性应该追求自己的工作与事业。在最堕落的时候，我无心学习，青春叛逆，跟不合适的朋友混在一起……妈妈果断给我转学，换了一个更好的中学，可以说改变了我的人生。在当时的境况下，转学是很不容易的一个决定。更别说坚持让我读高中，被周围人视为异类。每一个岌岌可危的阶段，都是妈妈支持了我、引导了我、改变了我。是妈妈，以女性的身份，送我去了一个新女性的未来，我因而建立了她没能建立的东西，过上了她不能过上的生活。

工厂倒闭后，为了挣更多的钱，妈妈先是回家做小生意，后来生意做不下去只能继续种田。回到农村狭窄的小社会之后，妈妈的进步就变得很艰难，她甚至曾经对我说:"早知不让你读那么多书。"现在想来,都是气话,但我感到了一种根本性的打击,因为我一直觉得自己是妈妈很重要的"作品",正是因为我努力读书考大学,妈妈才验证了她几次选择的正确。这句话不仅推翻了我的努力,也推翻了她自己的成果。但那不是妈妈的错,也并非妈妈最真实的想法。她只是忍不住拿出利刃,刺伤了我们两个人。

妈妈回归到最传统的世界,在那里,一个农村女性没有发展的希望,无论她是多么坚强又多么勤劳。她面临的是一个系统性的问题。但她不能理解自己生活范围以外的事情,也对我所过的生活感到失望。她讲出很多糟糕的话,让我非常痛苦,我们有段时间就浸染在她糟糕的语言里,她觉得自己的人生完全失败了,因为她的女儿并不令她满意。她不停地咒骂、责怪、自我贬低。

在女性主义的目光中,我才学着把妈妈从具体的家庭中抽离出来,以"历史中的女人"这样的角度去看待她。这种目光彻底改变了我们的关系,从此我看待她的时候,就带着对所有女性的理解。我也把她说的那些语言视为历史和时代的毒素,而非妈妈本人的语言。每次她说出那些糟糕的话时,我会对她说:"你是很聪明很厉害的女人,不要这样说话。"刚开始她很惊讶,并且羞涩起来,之后她逐渐改变了跟我说话的方式。

也是因为妈妈,我理解了女性的生活并非由理论指导,有时也在于本能的实践。妈妈不懂女性主义,一边深深追求传统道德的认可,一边又感到很不服气。一个没有受过太多教育的女性,没有任何知识结构,但对生活有自己的理解,她想把命运抓在自己手里。妈妈与爸爸本来就是乡下少有的组合:爸爸经常在家洗衣服、干家务,而妈妈会出去工作和社交。妈妈有自己的家庭账本,掌握家庭的经济权。虽然身边的孩子都喊"父亲"(乡音为"父"),但我从没喊过"父亲",因为他在我心目中没有"父"的形象,我只喊他"爸爸"。是妈妈选择了这样温和勤劳的爸爸,选择建立这样的家庭:一个妻子做主的家庭,一个围绕妻子的意志运转的家庭。

我也因此明白了自己为什么会建立现在这样的家庭。那是因为我是妈妈的女儿。因为妈妈没有建立一个完全父权的家庭,我也不可能建立"男主外女主内"的家庭模式。我无法跟强势的男人在一起,不能忍受自己从属于男人,我喜欢过的男人无一不是男性社会中的"柔弱者"。我想要建立性别平等、尊重我的需求的家庭。无论我们看似与原生家庭多么渐行渐远,最终竟然还都是家庭的产物。

当我作为妈妈开始抚养小孩时,发现完全重复了自己妈妈的模式:我给自己花钱总是反复斟酌,但小孩需要花钱时则无论多少都毫不犹豫。小孩喜欢什么我都会给他买,他没说喜欢的我还是会给他买。尤其是在他还不懂得购买的概念、对物品没有想法的时候,我揣摩他的想法,拼命地给他买东西,想要取悦他。

我还记得小孩很小的时候,我带他在咖啡馆玩,他忽然对隔壁桌一个女孩包上的玩偶产生了兴趣,总是想去摸它。女孩的态度很友好,但也逐渐有点被打扰的感觉。我立刻带他去买了同款玩偶。拿到手之后他一次也没玩过。

他只是对世界好奇,我却无法忍受他无法得到感兴趣的东西。我经常感到自己过于多愁善感,总感觉他被世界、被别人拒绝了,而我不能允许这种事发生。

我是生了小孩才知道,一个人不可能像爱自己的孩子一样去爱自己的妈妈。而我将跟我的妈妈重复同样的命运:我的小孩,也不可能像我爱他那样爱我。

我妈妈总是希望，等我生了孩子之后，能够理解并且感知到父母为孩子付出了多少，因此可以更爱她一点。岂料我的想法完全不同，我只是更加确认了作为父母的悲哀：如果你爱自己的孩子，即使付出一切，也不可能得到同等的爱与回报；甚至正因为你很爱孩子，所以他们自由地远去了。

我想起小时候那些艰难的时光，雨雪交加的日子里，我躲在妈妈的雨衣里面走路。雨衣发出难闻的塑料味，我只能看到脚下的泥泞和路边的草。前面对我来说是迷惘未知的路途，但妈妈在，我很安全，很安心。

现在无论是什么天气，我都只需要给小孩打开车门，他便能待在安全温暖的空间里，由我们陪伴着。他从未吃过生活的苦，不懂冬天的冷。他不懂我曾经手上脚上长满冻疮的日子，是如何在又痛又痒中度过的。我年少时意识到春天到来的标志，是冻疮慢慢好了。

每当此时，我就会想，这就注定了终有一天我们会发现彼此是互相不能理解的。

也正是因为预料到了将来小孩对我的不能理解，我原谅了自己对妈妈的不能理解，又更加深刻地理解了她。

我生下小孩之后，妈妈非常不赞同我的教育方式，她认为我对小孩太宠爱了。她总是用斗争的语言来恐吓我："你现在这样宠着他，以后拿他没办法，你搞不过他。"离开"妈妈"这个身份时，她是这样看待亲子关系的：那是一种你退我进的权力争夺。我以前对她的这些话语非常不耐烦，厌恶她将斗争的思想使用在一切关系，尤其是亲子关系上。但后来我意识到，当她作为我的妈妈时，实际上她从未在我身上使用过这种权力，并未想要跟我斗争，反而总是身不由己地支持我。妈妈对于亲子关系的言行不一，恰恰是因为她在私人生活中克服了时代灌输给她的思想，在我身上实践了爱。

如此想来，妈妈是比我更厉害的人。我只是在模仿、传递她的爱，但她亲手斩断了暴力的链条，自己生产出了温柔，创造了爱。

我所有做妈妈的动作，都来自我自己的妈妈。我把妈妈抚慰我的方式，全部用在了自己的小孩身上。有时候我会抚摸小孩的耳朵，哄他睡觉。在那样宁静祥和、爱意在心头如同流水一样流淌的夜晚，我会想到，小时候，我妈妈也会这样温柔地抚摸我的耳朵。

好像就是在一次又一次、一次又一次模仿我的妈妈跟小孩相处，体察小孩的需求和情绪的过程中，我的内部产生了什么东西，稍微掩盖了我性格中自私、尖锐而偏执的部分。我是在当了妈妈之后，才懂得如何当女儿的。我跟自己的妈妈产生了新的情感回路，爱意微小而自然地流转起来。在我的小孩、我、我的父母之中，产生了新的情感动力。

我开始关心起父母，给妈妈买护肤品，给爸爸买鞋子，还会寄水果、牛奶回家。妈妈对我说："谢谢女儿。"

酷妈妈

在我怀孕之前,我从不知晓,也没有被告知,成为妈妈意味着什么。或者说,只有我们真正成为妈妈,才能亲自去了解。关于妈妈的传说,没有一个是准确的,至少并不全面,有时甚至全是误导。

生小孩之前,我妈妈跟我说:"你只需要把孩子生下来,之后可以放到乡下,我来养。"她提出的这个计划没有任何可行性,却使我在脑海中划清了我和孩子的界限:我可以把孩子生下来,然后就跟我无关了。我当时确实是这样幻想的。怀孕期间,很少有人知道我怀孕了,甚至我都准备生产了,知道的人也没几个。我准备做那种生了小孩却绝口不提的人,做那种非常神秘的人,仿佛一个有私生子的人。

我想象自己要做一个很酷的"有孩子的女人",

而不是"妈妈"。是的,我有一个孩子,但我不是"妈妈"。我还是我自己。没有人知道我有小孩,等小孩长得很大,别人会震惊:"你竟然有这么大的孩子!"我的想象就是如此幼稚,而想象这些让我感到快乐。

小孩生下来之后,我妈妈兴致勃勃来帮忙,结果三天后就走了。当时主要负责照顾小孩的伴侣对如何照顾婴儿有自己的想法,我们俩总是谈科学,我妈妈总是谈传统,彼此交流困难,意见不统一,完全无法相处。小孩身上有湿疹,需要的是滋润,她却责怪我吃的东西有问题,我们经常为这些琐碎的事情吵架。而且,刚生育完,我对小孩有着强烈的占有欲,别说让我妈妈带走小孩,我都不太愿意让她太多地抱小孩。

我以为自己可以到孩子18岁都不晒小孩的照片,结果小孩几个月大我就开始忍不住了。我发各种小孩的照片给朋友看。我竭力控制自己,不发太多,不发给太多人,这已经是我唯一能做到的"克制"。"他多漂亮啊!"我这么说我的小孩。我拍下无数照片。五年后再看那些照片,可以说,那个小孩当时跟"漂亮"这个词语毫无关系。

如果不生小孩,我就不会懂得激素、催产素这类东西的魔力。在这之前,我不知道激素会改变我的心情、我的感受,甚至迷惑我的审美。刚生完小孩的时候,我感觉自己躺在一个大浴缸里,当然,我的身体很痛,心里很担心会面临很多麻烦,但与此同时我又感觉自己软绵绵的,像躺在平缓的水面上,烦恼离我远去了。我看着天空,感到平静。

世界上一定有对小孩没有感觉的妈妈。但我竟然不是。我一直以为我会是那样的妈妈,结果出人意料,我竟然是一个非常爱小孩的妈妈。这让我自己都大吃一惊。人,不到某个时间点,是不会了解自己的。

激素让我感情丰富,多愁善感。想到任何可能伤害他的事情我就痛苦、难过。我想用身体挡在一切的前面。我理解了一个人为什么愿意为另一个人挡子弹,如果出现任何危险,我一定会毫不犹豫地挡在小孩面前,没有任何其他选择的可能。我被这种爱震撼了。这是我没有经历过的一种爱。身不由己的爱。

因为爱他,我产生了从未有过的强烈恐惧。我担心自己保护不了他。这种担忧有时会让我失眠。我会想象那些极端的场景,比如家里只有我和小孩的时候闯入了坏人,而我因为无法保护小孩而绝望万分,我战斗、我失败,而小孩那么小,他根本没有任何办法保护自己。这种想象让我要哭出来。我焦虑万分,不断去检查家里的门锁。

小孩生病的时候,我总是紧紧地抱着他。他得了流感,我也紧紧地抱着他,从来没有担心过会被传染。我甚至渴望被他传染,跟他一起生病,仿佛一起生病就能够分担他的痛苦,或者说一起生病可以抵消我的紧张与愧疚。而同时,生病难受的时候,小孩不停地喊着妈妈,想要妈妈的慰藉,似乎那比药更管用。这种呼唤让我更加投入其中。

这种对另一个人前所未有的爱让我幸福,让我颤抖。同时又让我不想承认。我不想承认自己也是这样"软弱""滥情""庸俗"的人,我希望自己很特别。

我拒绝别人喊我"宝妈",为此至少拉黑了三位不同商家的客服。我刚生小孩那几年,这个词非常流行,无所不在,甚至都不接受我的抱怨。

"喊你宝妈怎么了?"别人觉得匪夷所思。

我是"宝妈",她也是"宝妈",所有妈妈都是"宝妈"……那我到底是谁呢?为什么当了妈妈之后,"我"就消失了?没有人再用我的名字称呼我,而是将我归到一个类别中轻易对待,仿佛我们只是面目模糊的一个符号。

问出这样的问题,总被说太可笑也太矫情了。

或者说，确实，我的不满并不是针对"宝妈"这个称呼，而是我根本就不想接受"妈妈"这个身份。我也拒绝加入任何"妈妈群"，拒绝跟她们讨论奶粉、尿布、背巾和安全座椅。我不断地表达我对这个身份的拒绝。

生了孩子、很爱孩子，却不想当"妈妈"，这很奇怪吗？或许只是很多女性从来没有说罢了。我想从自己身上剥离"妈妈"这个称呼，像是要脱去一件不合适的、陈旧的衣服。"妈妈"这个词在传统语境中意味着什么，几乎不言而喻。而那正是我不能接受的：奉献、没有自我、啰唆、总带着模糊的笑容。

玛格丽特·杜拉斯在《物质生活》中写道："做母亲意味着一个女人把她的身体全部交给孩子，或孩子们；孩子们在她身上就像在山上，在花园里；他们吞没她，击打她，睡在她身上；她任由自己被吞没，有时因为孩子们在她身上，她反而才能睡着……也许她们年轻时的抱负，她们的力量和爱，都顺着伤口流走了，而那些造成伤口的伤害，其由来完全合法，她们因此没有理由拒绝承受。"

我害怕的，就是成为这样的"母亲"（妈妈）。我怕极了，尤其是不可预知的澎湃的爱，似乎都在推动我顺滑地成为一个这样的"母亲",为了抗拒这种顺滑,我努力减去体重,尽量不多谈孩子,打造一种不那么"妈妈"的形象。如果别人说到我是一个"妈妈",我就会沉下来脸来,装作听不见。我想做一个"很酷的人",而"妈妈"是"不酷的身份"。

但,为什么"妈妈"是"不酷的身份"?

过了几年,再想起这件事,我有了全新的视角。比如,对"妈妈"身份的排斥是不是一种"厌女"?男人认为"成为爸爸"本身就很酷,因为他承担起了责任,即使他们并没有真正承担什么责任,他们也一样感到骄傲。但人们为什么会觉得承担了照护、抚养等工作的"妈妈"却不酷呢?

后来,曾经有段时间,"妈妈很酷""我们要骄傲于自己是个妈妈",这类广告词到处都是。人们想把"妈妈"这个身份与"爸爸"一样看待:妈妈很酷,妈妈的妊娠纹也很酷,妈妈的剖宫产疤痕也很酷……是吗?那很酷,但那更是创伤,把创伤作为"酷"到底是赞美还是美化?

"妈妈"到底"酷不酷"?说"不酷"像是一种贬低,说"酷"又像是一种苍白的掩饰。如果我想当一个"酷妈妈",到底应该怎么做?我找不到榜样。

对"妈妈"身份的看法也与时代紧密相关。刚开始,女性要走出家庭,走向职场与社会,争取与男性一样的工作机会,"妈妈"一度变成落后的标志;后来,女性渐渐获得成就,认为自己应该拥有一切,拥有事业的同时也拥有完美的家庭,努力工作也抚养孩子。女人不想被视为"弱者",或者"不完美的人"。女性希望自己的每个身份都是酷的、美好的。女性觉得自己什么都可以做好,既可以成为成功的职业女性,同时又可以是个能干的好妈妈。

接着,我们又来到了重新审视这些的新时代,在男性社会里不断说"女性可以拥有一切"好像变成了一种虚伪的安慰,事实是:"女性要付出更多的努力,才有可能拥有一点。"事实是:"既要工作,又要照顾孩子,让女性疲惫不堪,难以兼顾。"事实是:"告诉女性她们什么都能拥有,是忽略了整个社会设置对她们的不公平。"在一个处处不公平的游戏里,告诉女性"只要你够努力就能赢",像是空洞的哄骗。

有一天,我拎着里面放着吸出来的母乳的保温袋急匆匆下班往家赶。担心小孩需要我,需要这袋母乳。离开家让我心神不宁。路上遇到一个男同事,他正优哉游哉地往相反的方向走,说在附近吃了点东西,回办公室还有点工作要做。他看着我手上拎的母乳保温袋，轻轻地点着头说："真好。我的孩子也刚出生。"我当时惊呆了，没有想到眼前这个人跟我处在相同的人生阶段，他却如此轻松，下班后依然可以不需要立刻回家，即使家里有一个刚出生的孩子。他什么都不用做，只需要口头表达对这件事的喜悦。我要拥有同样的东西那么难，对他来说却很简单。我近乎惊奇地想着这些。

大多数现代女性不得不同时是两种人，既是家庭的，又是职场的。家庭事务无休，工作也不能舍弃。早上出门上第一轮班，下午回家上第二轮班（照顾家庭），这样的女性很难以男性的标准去竞争。而女性的"生育黄金期"（20岁后期到30岁中期），同样是职场发展的黄金期。意识到职场游戏是为不用考虑家庭的人而设计的，有些女性丧失了信心。

有人对"女性从职场退出去当全职主妇"这件事大肆批评，觉得这样的女性不仅放弃了自己的人生，也对其他女性的选择带来了负面的影响。认为她们为了舒适的生活，选择了逃避竞争，放弃自我。

然而事实并非如此，大部分女性不是为了舒适，而是无奈的选择。比如双方父母无法帮助带孩子，或者本来帮助带孩子的父母忽然生病，那么女性迫切需要的就是自由的时间，而男性很少会认为这是自己的任务。孩子即使送到幼儿园，下午三四点也就放学了。这与职场的时间表完全对不上。如果要请人帮忙，首先靠谱的人难请，即使请到也要付出很多金钱，或许比她的薪水还要高。那么女性能想到的最方便的方式，就是自己辞职，甚至这还是最划算、最省钱的。

辞职后的女性并非过上了轻松舒适的生活，反而困于家庭无尽的无偿劳动中。很多女性会说："工作比照顾孩子轻松多了。"确实如此。谁会想要选择这样的生活呢？工作还有休息日，家庭劳动却是全年无休的。只是社会将女性推回了家庭。公共养育的欠缺（专业的托育场所少而贵，且难以令人放心），照护工作的家庭化（无论是照护孩子还是照护老人，大部分都靠家人自己）……因而所有的养育、照护的工作都归于家庭内部，很多时候也就等于大部分归于女性了。

"全职主妇"不是一种享乐，更不是一种奖赏。上野千鹤子早就指出：资本主义将家务排除出市场，家务变成了"爱的劳动"，变成了对女性的剥削。因为她所有的付出，都变成了"自愿的奉献"，难以估价，难以取得回报。

一对夫妇为了惩罚做错事的孩子，将他放在森林边上，两分钟之后再回去，孩子已经不见了。以森林为背景，家庭的戏剧拉开序幕。电影中这位妈妈的形象一变再变，她刚开始显得严厉而招人讨厌，后来又悲伤而令人痛苦。最后，她说出了一段惊人的独白：

"我内心有一部分不想找到他（孩子），永远都不想。这是我第一次敢于承认这一点。自从孩子出生之后，我就再没开心过。但我是个好妈妈，我所有的生活都围着孩子转。我起床睡觉都在想他。我接送他去学校。我带他参加课外活动。我给他买衣服。我带他去看医生。我给他做饭。盯着他做作业，刷牙。我给他买圣诞礼物。每次他在课堂上捣乱，事后都是我去跟他的老师交流。我跟其他妈妈搞好关系，这样她们就会邀请他去参加孩子们的生日派对。所有的事情，我做得一丝不苟。全心全意。这就是好妈妈的意思。你知道我为什么辞职吗？我辞掉杂志社的工作，就是因为我刚才列举的种种。要我在每天工作八小时的同时再完成这些，那是不可能的。我完全不堪重负了，所以必须有人辞职……没有人想过当妈妈是多么艰巨的工作。而且一想到你的一生都要和这件事绑在一起，要求很高，也很吓人……孩子让我感觉空虚，他只是让我想起我放弃了什么。我说的不只是工作，我说的是我自己。他的需求如此之大，以至于我忘记了自己。我甚至不再有欲望，对任何事情。当你不再有欲望的时候，就好像你已经不存在了。"

她因为丈夫的愿望而生下了孩子，为了建立一个"完美的家庭"。之后她被困在"妈妈"这个身份里，感到绝望。这是很多女性不得不经历的挣扎：在"妈妈"与其他社会身份之间抉择。这部叫《惩罚》的电影看上去是在说妈妈惩罚了不听话的孩子，实际上说的却是社会和家庭对女性的"惩罚"。

"婚姻之外所发生的一切，都影响着婚姻之内将会发生的事"，婚姻内部的关系与结构，是与社会结构共振的。

我一边学习这些女性主义知识，一边督促伴侣育儿。在某个时间段内，主要是小孩还很小的时候，我似乎感受到了"幸福"。我幸福得"有一点像个男人"。小孩出生半年后断了母乳，开始喝奶粉，这样我也就不需要被绑定在他身边；伴侣承担了喂奶、换尿布、洗澡、穿衣服等大部分的工作。小孩很多时候都在睡觉。我不需要做太多，却有了一个柔软的小孩，因此感到温馨、安全、轻松,并且觉得自己突破了传统"妈妈"的身份,没有陷在尿布和奶粉里,也没有睡眠不足、手忙脚乱,或者在深夜哭泣。

我精神焕发,带着小孩和伴侣去参加自己的新书发布会。我在台上,伴侣带着小孩在旁边。小孩偶尔来跟我互动,台下一片笑声。我觉得自己很成功,我是摆脱了陈旧叙事,保持了自我的女人,我没有输给"妈妈"这个身份。

我难免有一点自得。有人来问我关于育儿的痛苦和烦恼,我经常给出一样的答案:培养、要求、督促你的伴侣育儿啊。这样不就好了吗?我将自己的幸运(以及某种盲目)作为了答案。

而事实上,很多男人想尽方法逃避育儿。他们,也不仅仅是他们,而是整个社会都将育儿视为妈妈的责任。我们出去吃饭,看到旁边其他桌的客人,绝大多数时候,孩子都坐在妈妈旁边,由妈妈照顾。爸爸则在对面玩手机。有一次,我看到旁边一男一女隔着桌子遥远地坐着,女人在照顾孩子,男人以疏离的姿态跟她偶尔聊天。直到他们离开的时候,男人推起婴儿车,我才确定他们是夫妇,在那之前,他们更像同事与朋友,感觉那个孩子与他毫无关系。

男人有一千种方法逃避育儿,他们声称自己有工作,要加班,要出差,要应酬;等他们回到家中,他们说累了,困了,或者干脆把事情搞砸,让女人无法放心把育儿的事情交给他;更多时候,他们贡献出自己的妈妈来帮助妻子育儿。有人直接跟我说:"我不能离婚不是因为丈夫,而是因为不能失去婆婆。"婆婆负责做饭、打扫、帮助育儿,是免费的育儿嫂、家政工,有时还会反过来提供经济支持。中国女性与婆婆之间经常既互相支持又彼此争夺控制权,是非常复杂纠结的关系。

有一种妈妈,喜欢将自己的形象塑造成"懒妈妈"。她们声称自己逃避了育儿,总是偷懒,也很粗心。这类妈妈很喜欢讲述育儿的趣事,比如自己什么也不会做,换尿布手忙脚乱,将护臀膏涂在了孩子的脸上,给孩子乱吃东西导致孩子长疹子或者腹泻之类。

我也曾是其中的一员,伴侣不在时,我曾把防晒霜当作牙膏给小孩刷牙,这件事我很喜欢说起。我们这些妈妈对此有点沾沾自喜,好像就这样轻易去除了"妈妈"这两个字的桎梏,改变了这个词语的含义。我们看上去很愉快,很轻松,离自己的孩子很远。我们用"懒惰的妈妈"这个词来进行自我粉饰,并感到自得。我们到处宣称自己懒惰、不勤劳、粗心大意,每天都在想办法逃避孩子。

但后来我才意识到,所谓的"懒妈妈"也在不知不觉中做了很多事,自己却刻意忽略了。或许是为了维持一种潇洒的幻想。即使她们并非日常育儿的主力,生活也没能脱离孩子运行。她们能说出关于孩子的很多事,谈论孩子很久,这些言语都需要具体的生活来支撑,恰恰说明她们也在育儿。而那些真正远离孩子的爸爸对孩子近乎一无所知,也不喜欢谈论。

我一直感觉自己是一个轻松的"有小孩的女人",而不是一个"妈妈"。但有一天我翻看自己这几年随手写下的记录,发现里面也有很多具体的事务,以及跟小孩互动、陪伴的细节,还有为了小孩而焦虑、烦躁、妥协的事。或许因为那些一直被认为是妈妈应该做的事情,连我自己都没有意识到。我经常陪伴他去户外玩耍;一度因为他喜欢亲我的脸,而决定不再化妆;为他的吃饭、睡眠而烦恼。

我总感觉跟小孩隔着一点什么,或许并不是我没有育儿,而是我在潜意识中不认为自己在育儿。我在小孩和自我之间划了一条虚拟的线,妄图保护自我。

我带着伴侣和小孩去开新书发布会,伴侣负责照顾小孩,看上去很不错,很新鲜。但后来我会想:"没有一个男作家需要带妻子和孩子去新书发布会。"

"超我"体验

在育儿的前两年,我的内心带着一种盲目的扬扬自得:小孩还小,需求不多。伴侣承担了很多琐碎的育儿工作,我感到悠闲。婆婆偶尔来帮忙,她非常温和,竭力减少自己的存在感,即使如此,我也不让她经常来,不希望她影响我们小家庭的运行,她也完全可以接受。我们之间没有任何矛盾,或者说我有着不可动摇的权威。我产生了幻觉,觉得自己站在家庭权力的中心,并且是一个逃避了传统身份的妈妈。我感觉自己通过不凡的努力,创造了新的叙事。

然而很快情况就发生了变化。小孩越长越大,到了四五岁的时候,他的生活不再仅仅局限于简单的吃喝、玩耍。他不再像一只小动物,不像一只猫或者一只狗,随着逐渐变成更复杂的人类,他的需求增多了。

他活动的范围更大,更好奇,想做的事情更多了。最重要的是,他的情感需求急剧增加。

随着他情感需求的增加,我的幸福感逐步下降。小孩一来找我,我就容易发火。我爱他,我喜欢他,但我只能陪他玩一会儿。我无法忍受无聊幼稚的游戏。我陪他出去玩,但他最好不要和我互动。如果他一直来找我,我就会不耐烦。我形成了自以为是的生活体系,经常埋头于自己的事情,很不喜欢别人来打扰,包括我的小孩,他让我心烦意乱。我为此说出过很多负面的语句,在家大发脾气。"真后悔生小孩。"我满心懊恼,到处宣扬。生育并没有解决我的人生问题,之前的困扰依然摆在我的面前,而生活中又多了很多事务,多了一个需要我应付的人。小孩占用了我的时间,又让我在剩下的时间里对这种"填满"感到痛苦。

在那个阶段,我身上狂暴的一面完全爆发出来。我对一切都报以怨言,认为生育毁了我的生活。我不断抱怨、控诉,发泄情绪。"孩子毁了我的人生。"这句话说出来太容易了。把人生的责任推给别人,推给一个无法为自己辩解的孩子,这太轻松了。

总的来说,小孩能一个人在房间里玩很久,不打扰任何大人,是不黏人的孩子。但是随着他长大,他的情绪问题变得日渐严重起来,他会不开心,总是闹脾气,似乎隐藏着一种愤怒。他与我们之间不再有长久的和平,而是充满了暴躁。我感觉他有很多的情绪,并且以各种方式发泄出来。而我既不懂得辨别,也不懂得应对。

有一天,我的朋友终于委婉地跟我说:"我感觉他互动的需求高了很多。"她没有说,孩子需要我,需要我的陪伴,需要情感交流,而是简单地说"他可能需要更多有质量的互动"。但我立刻听懂了。她的意思是,我的小孩,缺乏妈妈真正的爱。小孩需要我真正地关心他,与他交流,而不是以隔离的姿态爱他。

我几乎是奋不顾身地立刻扑了上去,以一种跃起的姿态。我甚至不知道从什么时候开始我竟然就已经准备好了。我投入在小孩身上的时间、精力、情感开始变得那么多。那个天真地以为自己可以逃脱社会分工的我,被现实警醒:别人无法完全、彻底地承担女性的育儿劳动,尤其是无法真正替代社会意义、身体意义和情感意义上的"妈妈"。不管女性是否承担经济责任,只要她还爱着孩子或者想要去爱孩子,那么她就不得不在育儿之中付出。

或许是因为在他小时候我没有亲自哺乳,小孩显得无比渴求妈妈的怀抱。他拥抱我的方式,简直是想要再次与我融为一体。恐惧的时刻,慌乱的时刻,睡不着的时刻,他都需要我,而不是从小照顾他的爸爸。这种需求与被需求形成了强烈的共振。我渐渐在这种"被渴望、被需要"的强烈情感中迷失了自己。我变成了一个"那样的妈妈",就是把"妈妈"作为最重要身份的女人,并且开始逐渐让渡一切。这不是一下子发生的,而是缓慢变成现实的。

妈妈与孩子之间的身体性,可能是别人无法理解,也无法感受的。皮肤的亲昵,身上的味道……孩子原本是与妈妈的身体连接在一起的。那几乎是一种本能的情感。孩子们在一起玩耍,会忽然毫无预兆地冲向各自的妈妈要求拥抱,似乎与妈妈之间有一根绳索。以前我的小孩在这种时刻只是站在一边,现在他也会跟其他孩子一样扑进妈妈的怀抱,我感觉他因此非常快乐。但这种想法是不是一种自我催眠?孩子的这种需求是真实的,还是妈妈们的想象?

无论如何,被这种需求所感召和呼唤的我,终于彻底变成了"妈妈":我开始自称"妈妈"。我拥有了三个不同的"妈妈群",在日常生活中新交往的朋友都是"妈妈"。我们的一切安排都以孩子为先（为了孩子的社交而社交，为了孩子的时间安排而安排）。我对小孩的一切都很感兴趣。小孩是我最强烈的情感和情绪的来源。

我大量地谈论小孩，无论心灵还是大脑都在他的身上，我聆听他的话语，担忧他的每一个细节。与想象的不同，这并没有令我困惑，反而使我感觉充实。这是怎么回事？我的内心充满了温柔的力量，感到自己是万能的。当小孩出现任何一种情绪时，我都能迅速辨别并理解，而伴侣却经常不知道具体发生了什么。"他不是在发脾气而是很难过""他现在困了才这么闹""他感觉黏土捏得不像而很受挫折，需要安慰！"……因为小孩的情绪那样敏感与细微，需要长期的相处才能捕获，捕获之后才能顺其自然地接受与化解。

但是不是我夸大了自己的作用来进行自我满足？"妈妈"既是一种责任和负担，也是一种自我赋权，我把自己想象得非常重要，不可或缺。没有任何一种身份给过我这种满足感。"妈妈"似乎拥有一种万能的、决定性的力量。

一旦开始尝试与孩子产生连接，他们就会占领你。育儿的时间越长，与孩子的连接便越紧密。一旦开始理解孩子，他就呼唤你的更多理解。到最后他的感受变成你的感受，甚至更强烈地传递到你的身上。就像经常抱小孩，刚开始他很小很轻，但他一点点地长大，不知不觉间我竟然可以轻松抱起30多斤的他。我对他的爱也是这样，是日复一日、积累锻炼起来的力量。

我永远在关注他，用眼睛的余光。只要小孩在，我没有一刻真正专注于自己。他摔跤了，我会立刻弹跳起来奔过去。一个人出差的时候，我充满了愧疚感，经过每个有趣的地方都会情不自禁地想：要是带他一起来就好了，我不应该拥有独自的生活，我应该跟他在一起。

任何时候，听到任何一声"妈妈"，我都会回头。每个孩子都像在喊我。他们的声音很像，像是在呼唤一个共同的妈妈，而每个妈妈都不得不回应。

我真的好奇，爸爸们是否会有这样的想法？他们会在离开时感到很愧疚吗？他们会被别人喊的爸爸刺激到吗？"爸爸"有没有变成他们身上一个刺青般的身份，甚至会时时替代他们本人？

更奇妙的是，有一次朋友家的女儿在草地上摔倒了，而朋友在很远的地方，我自然而然地走过去开始安慰她，并且紧紧拥抱了她，以"妈妈"的方式。在这之前，我一直以为自己是那种"只喜欢自家小孩的妈妈"，对其他孩子我当然抱有善意和关爱，却与他们保持着距离。孩子们非常敏感，立刻辨别出了这一份内心的抗拒，他们在一起玩的时候，有什么需要从来不找我，而是去找其他大人。但那一天，在跟自己的小孩建立了太多情感关系之后，我情不自禁地向别人的孩子展现了"母性"。我感到既新鲜又惊奇，仿佛内部又长出了一个"我"，或者是我变成了更进阶的"妈妈"，变成了"妈妈的化身"。

我曾经希望自己是"永恒的少女"，很多女人都这样幻想过吧，等到了 60 岁，我们还可以是少女，露出少女的笑容，有着少女清澈的眼神。但现在这些对我来说，既不可能也不重要了。我变成了自己完全想象不到的一种女人，内心也因此充满了一种以前从没有过的力量，就好像可以将很多人一起拥入怀中。

进入这个阶段之后，我明白了很多妈妈那种几乎要将自我溺死在母爱中的决心。因为妈妈和孩子的互动是世界上最浓稠甜美的事，当妈妈付出爱的时候，孩子情不自禁要返回更多。小孩拥抱我，长久地与我依偎在一起，时不时就用他的小手拉我的手。他像一只小狗一样跟在我的身边。他用手搂住我的脖子，用柔滑的脸颊贴着我的脸，将头埋在我的肩颈。他总是尝试亲吻我的脸。他的爱是另一种爱，天然与灵性之爱，没有杂质的精粹爱意。我们在一起的感觉温馨、甜蜜又私密。这种感受超越了所有亲密关系的体验。

有一个晚上从游乐场返回车上的时候，我们三个人一起走过没有灯的区域，周围一片漆黑。伴侣和小孩打闹追赶着在前面走远了。我一个人在后面慢慢地走着，黑暗中只听见自己的呼吸声。这时，远远地，一个小小身影忽然出现了：是小孩担心我，在等我。

在《你一生的故事》中，女主角学会了不受时间维度控制的外星语言，因而得以感知从过去到未来自己所有的记忆，而这记忆中也包含着未来她与女儿的故事：她会跟眼前这个男人在一起，生下女儿，但女儿最终会因为罕见病而去世，给她带来巨大的情感痛楚。已经拥有了与女儿相处记忆的她，即使知道了这结局，也义无反顾地决定遵从命运的安排，生下这个女儿。也就是说，妈妈既然选择了生下并养育孩子，这段关系就变成了永恒的关系。即使重来一次，她也无法拒绝。

生了小孩之后我对这种关系简直着迷,我曾经无数次想过,如果再给我一次重来的机会,我无论如何都要确保自己生下"这个小孩",而不是别的小孩,一定、必须是这个小孩。我要确保时间、地点和对象都没有任何误差,我只想要生下他。

然而小孩竟然比我更加确定。他们认为妈妈是唯一且不可撼动的。我曾经问小孩:"你觉得我如果30岁生小孩,生出的小孩是你吗?"他毫不犹豫地说:"是我。"我继续问他:"那如果我跟另一个爸爸生的小孩也是你吗?"他说:"也是我。"

我想确保自己能够生下他,而他觉得我无论在什么时间什么地点与什么人生,最后生下的都是他。由此看来,这段关系对小孩来说更是决定性的。

在当代生活中,如果我们愿意并且幸运,已经可以将母职分出去一部分。分给伴侣一点,分给父母一点,分给保姆、钟点工……但妈妈和孩子的核心关系,即"孩子对妈妈的需求",却永恒存在。从怀孕开始,只要妈妈不拒绝这份需求,只要妈妈响应了这份需求,母职就永不消失。明白这一点的时候,我既绝望又宽慰。或许,我们必须要承担的东西,也反过来定义了我们自己。

我产生了一些古怪的想法，比如，难道我的生命意义就是为了生下他，养育他吗？难道我的生命意义是因为他的生命意义而存在？……我在生小孩之后产生了关于自我的存在主义危机。

我把自己的需求远远地排在他的之后。这当然并不意味着我是一个好妈妈，只是意味着我心满意足地蜷缩在了"妈妈"这一身份之中。奉献是女性多么擅长的动作，我们又从奉献中获得了满足，这种快感机制，它不一定是天生的，或许也是从小被培养出来的。为什么"奉献"给我们带来这么多的安全感？

与此同时，我又感觉"妈妈"于我而言，是一种"超体验"，一种超越了自我的体验。那些我为任何人，甚至为自己都不可能做到的事情，我感觉可以为小孩做到。好像成为妈妈之后，我从"自我"中发展出了一个"超我"。这个"超我"在想象中是无所不能的。因而那些在现实中遭遇的困难才尤其让我痛苦。我竟然不能为小孩做到所有事。我竟然是有限的。

在我不是妈妈，而仅仅是我自己时，我轻松地接受了自我的所有缺点，比如懒惰、拖延、很容易放弃……我调侃这些，觉得有趣，为自己是一个有缺陷的人而感到快乐和放松。我是一个有限的人，这不是很正常的吗？人类必然是有限的。但我竟然是一个"有限的妈妈"，我会暴躁，会发火，会没有耐心，会误解小孩的语言，会忽略小孩的感受……这些让我不能接受。到底是什么在要求我？

我甚至不再能接受自己将来会死。我为什么会死？我死了的话，小孩怎么办？年轻时我动不动就说"不想活了"，现在我一个字也不敢说，只想能够健康地活更久，并不是因为我热爱生活、热爱生命，只是因为无法想象我的小孩会失去妈妈。

现在我们知道了"母职惩罚"，知道了社会对母亲的要求是多么苛刻、全面且不合理。我当然可以轻松地说："是社会让我这样的。"但如果我更加直面自我，会发现这无法全部推给社会。我必须承认，只代表我自己而承认，这里面有我自发的部分，有我的个人意志。我想这么做，我希望这么做，我需要这么做。我的"超我"如此膨胀，它发展出了无所不能的想象。而这或许也是小孩反馈和赐予妈妈的力量。他允许妈妈的超我与他一起成长，允许妈妈在他身上展示自己无所不能的一面。

我是此时才意识到，有时女人想成为妈妈，不一定是为了家庭，为了男性，为了繁衍……而是因为想创造一段新的关系,与另一个自己创造出来的人,建立一种前所未有的关系。

陷入"妈妈的生活"一段时间之后,有一天我跟年轻时认识的朋友吃饭,她对我直言不讳:"你现在太无聊。你变成了那种最庸俗的妇女,谈的都是孩子。真没意思。"

我毫无羞耻感地哈哈大笑,对这一切竟然顺利地接受了下来,包括这份评价。我到底是麻木了,还是成熟了?

在小孩6岁多的时候,有一次见他衣服拉链拉不上,我说:"让妈妈来帮你。"

小孩说:"你不要说'妈妈',你说'我'就可以了。"

我愣住了,不知不觉,我已经很久没有说"我"了,多数时候都以"妈妈"来思考和行动。我让"妈妈"这个身份完全替代了"我",而小孩敏锐地指出了这一点。

小孩的生活也在发生变化,他有了新朋友,他非常喜欢自己的朋友。他对我说:"妈妈,我跟朋友之间的所有事情都是秘密,我不会告诉你的。"我说:"好的。"我不得不答应,因为我爱他,而不是我心甘情愿。

此时不是社会，不是我，而是孩子自己，在我与他之间划下了一道界限，阻止我的"超我"进入他的世界，阻止我的"超我"继续膨胀。

回想他刚出生的那几年，我拼命想要成为一个"不是妈妈的妈妈"，接着又沉溺于当一个"妈妈"，现在终于要开始学习平衡"妈妈"与"自我"这两种身份。我既不能将"妈妈"排除出去，也不能将"自我"遗忘。所谓的"妈妈"，只不过是一直、永远、没完没了地在这两种身份之间徘徊、平衡、纠结。小孩也需要不断地调整他与妈妈的关系。所以现在，他有时喊我"妈妈"，有时喊我"荞麦"。

而我，在醉心养育他这么久之后，也获得了某种人生答案：如果不真正投入一件事，那么就得不到最真切的反馈。当妈妈是如此，或许当作家也是如此。只有将自己完全投入真实生活，作家这个身份才会向我敞开它的复杂与丰富、困难和有趣。而我竟然是在生育后，才学会如何向写作尽量敞开自我。就像此时此刻。

新问题

我的伴侣、小孩的爸爸,承担着育儿中的大部分事务。从社会定义来看,他是一个"全职爸爸",虽然也做一点自由职业的工作,但他的生活比起我来,确实更多地交给了育儿和家务。他出门总会背一个巨大的包,人们一般称呼这种包为"妈妈包"。早期里面有尿不湿、奶瓶、湿纸巾、替换的衣裤,还有各种零碎的东西。后来尿不湿没有了,又增加了别的,比如玩具、绘本、润肤露。我们和别的朋友一起出游的时候,妈妈们向他而不是找我,借各种物品:湿纸巾、防晒霜、驱蚊液。

他非常细致,想给小孩提供最全面的照顾。冬天的时候,他能一次从包里拿出三顶帽子,用来在室内室外等不同场合佩戴。

小孩还很小的时候,我们一起跟朋友吃饭,中途他自然而然地开始冲泡奶粉,在饭桌上以熟练的姿势抱着小孩喂奶。他随时准备给小孩换尿布,带小孩去洗手间,并给小孩喂饭。饭桌上如果有其他男人,他们就会惊奇地看着他,那视线的含义难以言喻。他们还会夸奖他,用一种并非真正称赞的语气,似乎更多是感到了迷惑。有一次我们在一个机场,他带小孩去换尿布的时候,发现只有女厕所有尿布台,而男厕所没有。我就在那时理解到,换尿布被认为是只有女性才做的事。

他给小孩买衣服、搭配衣服,小孩出门总获得别人的称赞。小孩生病的时候,也由他来照顾,因为他认真学习了很多医学知识,也不会像我一样总是惊慌。他承受了小孩生病时的很多压力,小心翼翼地应付。每隔一段时间在纸上记下小孩的体温,给小孩准备相应的药品。

他对小孩很仔细,有时显得过于忧心忡忡。有一次他担心小孩误吞了异物,带着一次性手套在纸尿布的屎里摸索了半天。这件事应该会让我们记很久。

小孩上学后,他依然每天进行大量琐碎的育儿劳动。早上七点他先起床,给小孩准备早饭、带去学校吃的点心和水果、当日要穿的衣服。七点半叫小孩起床，给小孩刷牙、洗脸、涂面霜和防晒，给他穿衣服的同时喂完一个鸡蛋。小孩下午放学后又要开车去接，然后带到湖边或游乐场玩。晚上要给小孩洗澡、刷牙。与此同时，他还要做饭、打扫卫生，给小孩购买各种物品。

我确实因此摆脱了大量琐碎的育儿劳动，连小孩每天要穿什么衣服都不知道。而他也得到了周围人一致的称赞，人们喊他"男妈妈"，不厌其烦地夸奖他的育儿劳动。

我的心情当然是庆幸，并且心甘情愿地将"妈妈"这个词拱手相让。"男妈妈"，很好，就让他当"妈妈"吧，而我是个自由人。我当时是这样想的。

我还非常享受别人对伴侣的夸奖，这好像显得我也很有本事。女性的幸福感有时是通过别人对她伴侣的评价体现出的。家里有个"好爸爸"，孩子跟爸爸关系好，这竟然也是人们对女性是否幸福的评价标准之一。为此女人们也殚精竭虑，有些妈妈宁可自己充当家庭中的"坏人"，也要衬托出丈夫是个好爸爸。

所以当时我享受着一种"双重快乐"：伴侣承担了很多的育儿劳动，我感到很快乐；因此被另眼相看，我感到更快乐。我很喜欢讲他育儿的故事给别人听，也喜欢在公共场合看他展示育儿的熟练技能，享受周围人诧异的目光。

然而有一天，我忽然对这一切感到了不满足，或者说品味出了别的东西。我究竟在庆幸什么？又在沾沾自喜什么？与此同时，我试图抛弃的"妈妈职责"拼命追上了我，捕获了我。我没能获得想象中的自由，因此大失所望。

小孩由爸爸每天接送，爸爸需要很早起床，非常辛苦。但依然睡在床上的我也并没有一直舒服地睡着，而是经常竖起耳朵倾听外面的动静，看小孩有什么需求是只有我才能理解和处理的。如果爸爸对动作缓慢的小孩不满，或者两个人因为什么事情发生冲突，那我要立刻冲出去调停、安抚双方。这样的经历不是我一个人的，而是妈妈们的共同经历。只是或许不一定发生在早上，有时发生在爸爸陪孩子出去玩的时候，有时发生在晚上爸爸帮孩子洗澡的时候。

总之，爸爸带孩子的话，妈妈的情绪劳动可能会翻倍。既要平息爸爸的情绪，又要安抚孩子的情绪；既要夸奖爸爸的劳动，又要在孩子面前努力免除其中负面的部分。看上去是爸爸在带娃，实际上妈妈的劳动却不可能停止。

我的一个朋友，她忙碌的时候，让丈夫负责带小孩，那她就得时时刻刻给丈夫做好安排：带小孩去哪里，干什么。如果要带小孩去看演出，那么妈妈也得提前帮他们俩买好票。人不在，妈妈的服务一直在。并且要在事后加倍赞美、弥补丈夫的付出。

妈妈对于爸爸的承担总是过于心存感激。一旦她们能从家庭事务中脱身，她们恨不得所有人都知道。这是妈妈们内心的"特殊时刻"。而爸爸们则把自己在家庭中的劳作视为"特殊时刻"展现出来。所有"育儿的爸爸"都比"育儿的妈妈"享有更高的声望。他们还更容易被信任、被夸奖，并成为育儿中的权威。

我和好几个拥有自己事业的女性朋友，都选择了愿意在家庭中付出、愿意做家务、愿意配合我们人生的男人。我跟伴侣相遇后，他辞掉自己的工作，搬到我所在的城市，在我们相处了七八年之后，才在我认为可以的情况下结了婚。我说不想生孩子的时候他完全同意；小孩出生之后，他为了育儿，也为了帮助我，很自然地放弃了自己的工作。

我们这样的女性认为，男性的放弃和付出可以使我们过上与传统女性完全不一样的生活：更先进、更自我，也更自由。比起日复一日在家庭中付出而得不到回报的女性，我们的状况确实好了很多：拥有自己的事业，掌握家庭的经济权和话语权，还免除了很多家务劳动。我们不能说自己是不幸的，或者是委屈的。但我们也遇到了独属于我们的问题。与同样情况的男性相比，我们获得的可以说相当有限：大多数养家的男性在家中总是拥有绝对的话语权，享受着全家人的情绪供给，他们被崇拜、被体贴，还享受着自由。而我们却总被认为是"做得不够的妈妈"。并且，我们也没能从育儿中真正逃脱。

"妈妈的劳动"无可替代，是因为它与社会对妈妈的塑造和要求紧密相连。就算每天接送小孩的是爸爸，刚开始有任何事，老师还是执着地都先联系我，都先来跟我沟通。周末，为了小孩能跟玩伴在一起玩，我要做很多安排、计划。除了我更擅长之外，还因为其他小朋友也都是妈妈在安排。是的，其他妈妈的存在也决定了某些事情只能由我来做。只能由我加入妈妈群，讨论女人之间的话题，爸爸的加入会让其他妈妈不自在。如果两个孩子一起玩，那么我得在那里跟另一个孩子的妈妈（有时是奶奶或外婆）聊天，爸爸此时出现就并不合适，徒增尴尬。社会总体对男女在养育这件事上的分工，也决定了男女在家庭中的分工。

社会对妈妈这一形象的塑造也在不断唤起孩子对妈妈的依赖，当所有孩子都在找妈妈时，我的小孩也想寻找自己的妈妈。当一个孩子总是被别人问起妈妈的时候，孩子很难不认为这是必然和必须的。对妈妈依赖的失败会让孩子感到挫败和难过，而这并不是妈妈本身的问题。

孩子跟爸爸相处时，妈妈要随时准备好挺身而出，而如果孩子在妈妈身边，爸爸则可以轻松地置身事外。有人跟我说："我的丈夫每天带娃的耐心最多不超过一个小时，一个小时后他就不愿意带了。为什么他就可以心安理得地不带小孩？"仿佛爸爸的职责是有限的，而妈妈的职责却无穷无尽。

现在我们知道了什么叫"情绪劳动"，简单地说，"情绪劳动"就是为了让别人开心而产生的劳动。女性似乎经常很自然地认为自己对其他人的情绪负有责任。家里的老人、丈夫、孩子不开心了，情不自禁开始焦虑的会是女性。女性不仅要处理家庭的琐事，还要照顾家庭成员的情绪。而这部分，几乎无人可以分担。

无论爸爸是在外面挣钱还是在家做家务,他们只是在承担具体的事务,而妈妈是那个在完整地照顾家庭的人。"完整"的意思是,大量的、庞杂的、整体的。

世上没有"男妈妈",只有分担了育儿劳动的爸爸。等明白这件事的时候,我才对"妈妈"这个身份有了更深的认识,那是一种几重反转、不断迭代的认识。与此同时我也深深意识到:社会和家庭对女性的支持依然是远远不够的。无论是对在家育儿的妈妈,还是对在外工作的妈妈。

我并不想苛责我的伴侣。这也是社会认为女性不可以做的一件事,因为女性要体谅男性的不容易,不管他是在外打拼还是在家待着,社会都认为他付出了太多,要么付出了劳动,要么付出了尊严。我感激伴侣的付出。是的,他做很多家务。而一旦男性做了家务,对他就只能有夸赞这一个选项,如果要提意见,则必须巧妙地注意时机、语气和方式。至少在女性心目中,她无法理直气壮地责备对方,或者提出建议,她只能不停地跟在后面补救。催促男性做事也需要很多技巧。

爸爸如果在家庭中劳动,就必须被赞美,最好是经常被赞美。而妈妈却总在被挑剔。同为养育者,这就是爸爸和妈妈得到的不同待遇：妈妈做的所有事都被认为是应该的，这是她的工作，她应该做得更好；而爸爸则被认为是一种附加的身份，他做了一点就值得被感激。如果一个爸爸独自带着孩子出去，会被一群阿姨围观并且赞叹："怎么有这么能干这么好的爸爸！"在这样的环境中，他怎么可能不想要伴侣的赞美呢？而赞美、回馈情绪价值，正是女性无时无刻不在进行的劳动。

情绪劳动还包括"安排"与"计划"。比如，我总在操心家庭未来的走向与安排，我们在哪里生活，在哪里工作，要不要搬家？而这里面的思虑纠结，很多时候都是浪费时间，都是无效的，但不等于这种劳动不存在、不重要、不费神。要操心小孩的教育，小孩上学、换学校，都是我在寻找、联系；小孩状态不好的时候，要观察、了解、帮助他，我学习和思考了大量的育儿知识。

如果一个男人在家劳动，很容易就会认为自己已经做了一切。就像一个男人如果在外工作，就会认为挣钱是至高无上的重要劳动，而家里全是不重要的琐事。男人无论是在外忙事业还是待在家里，都很难看到女人的劳动。而女人无论是待在家还是在外忙事业，都必须在意男人的劳动。这是我们新女性的新问题，也可能是个旧问题。

我跟伴侣经常为这个问题吵架。刚开始时，我还能安抚他，后来我的育儿劳动也越来越多，情绪劳动完全超标，无法负载，就变成了争吵。

他觉得自己做了很多，我说自己也做了很多，他便要我举例。他可以说出自己非常具体的劳动：接送小孩、做饭、洗衣服、拖地……我却说不出"我帮你把细节和没注意的地方处理好了"，或者"我提醒你去做你该做的事情"，或者"我总是需要催促你的进度"。我难以说出自己写着写着文章，就会走到卧室将床单铺平，或者开始清理水槽，或者总是不停地扔垃圾。我难以说出每天谈论或者研究育儿的意义。这些细微的劳动弥漫着，让我既无法说出口，又无法视而不见。我虽然没有做那么多家务，精神上却从没放松过。而他即使做家务，精神上却还是拥有很多闲暇。

我还能感觉到那种，另一个人在为我的生活分担事务的压力；我能感觉到那种，另一个人全身心投入我的生活之中的压力。我感到这些压力既隐形又不可去除，似乎总在呼唤我的感激，要求我做出回应。我觉得很奇怪，在全职妈妈的家庭里，那个丈夫是如何能对妻子全身心地投入在家庭中毫无愧疚且怡然自得？他们为何能心安理得地享受着那一切而觉得无须给予回报？

每次如果我需要单独出门，都会背负巨大的心理压力。这种心理压力究竟从何而来？我很难说出那句"我要独自出门几天"，我总是忍不住会主动提出带他们一起，如果实在不能，我就会满怀愧疚地出发，迫不及待地归来，并且担心对方的反应。我从来不能像一个男人一样轻松地离开家，乐不思蜀，回家后大肆谈论在外的乐趣。那种理直气壮的感觉我从未有过。

而伴侣的痛苦则更令人熟悉，正是传统女性曾经面临的痛苦。他不明白为什么自己付出了那么多，那样尽力地抚养小孩，小孩还是最爱妈妈而不是他。他看到我跟小孩之间的亲昵而感到不可思议，甚至嫉妒。一个男人体会到了传统女性的失权：承担琐碎劳动的人反而容易失去孩子的感情。

我当然觉得这是我应得的，因为我对小孩付出了大量的感情。他却觉得是因为自己承担了麻烦的部分，我才可以轻松地付出感情。而我认为他不够包容与情绪稳定，所以小孩更喜欢我。他认为一个被淹没在琐碎事务中的人情绪不可能那么稳定，我情绪稳定是因为我不需要做那么多事情。我们各执一词，各有看法。我们掉转了位置。

当脱口秀演员黄阿丽说出"如果我有一个妻子，我该多么成功啊"的时候，所有的事业型女性都知道自己缺什么了。是的，我们缺一个"妻子"。

如果我有一个妻子！我赚钱、分担育儿工作、整理家务细节、安排家庭活动、学习育儿知识、给予情绪价值，赚的钱都花在家里，也从不花心或者出轨……我的妻子，她该有多么满意这样的生活啊！她该多么感动啊！她会夸赞我，甚至会心怀愧疚，让我更多地走出家庭，去玩，去享受，去跟朋友在一起。

但我有一个丈夫。我做的是同样的事情，他却感到非常不满意。他觉得自己付出太多，得到太少。与此同时，我也觉得自己付出太多，得到太少。我付出了比一个普通事业型男性多得多的精力、时间与情感，我甚至还生了孩子，付出了身体上的代价，但我从没得到像他们那样的礼遇，我没有被尊重，也没能获得赞美，更没有得到家庭之外的更多自由。而且，我还不能把自己的这种想法说出来。

我们都感到不满意。我们两败俱伤了。如果我是男人而他是女人,或许我们都会很快乐,很幸福,因为我们站在了舒适的社会角色里。但现在我们都觉得自己活得不如一个"普通男人"。

然而,或许正因为如此,这种模式才更需要去尝试、去探索,因为男女必然会迎来新的时代,也就是家务被重新分配的时代。因为女性想要掌握自己的生活,想要从家务中挣脱出来。我们要对抗社会的目光和安排,从中生发出新的方式。我们要在争吵中,不断展现自我并相互争夺:我要他看见我,他也希望我能看见他。我不能成为那种嘴上说着"要重视家务劳动的价值",在实际生活中却视而不见的人;他也应该走出男性视角的盲区,去看到我被遮蔽的隐形劳动。

是的,每个人都想要一个"妻子",而这正说明了,传统的"妻子"角色就是对一个人的剥夺。也就是说,本来就不应该有任何人应该拥有一个"(传统标准的)妻子",无论男女。

宛如同学

我跟小孩在小区玩,一个孩子与我们搭讪,他8岁,一个人。我之前就曾经遇到他神气活现地走在小区,还以为身边的大人是他父母,岂料并不是。

他用手上做雪球的玩具做了一堆雪球跟我们打雪仗,带我们去超市买了玩具;玩秋千的时候,他很自然地向我求助,要我推他。我们一起玩了很久,天渐渐黑了,我说我们要回家了,他主动询问可不可以去我们家玩。

我有点慌了,不知道这究竟合不合适,但又不忍心拒绝他。我让他给妈妈打个电话,他用电话手表打过去,我听到他的妈妈用温柔又坚定的语气说:"不可以哦。如果不是别人主动邀请你,而是你自己提出来,那就是不礼貌的。"听到这里,我透过电话对她说:

"没事,让他来玩吧。"这位妈妈同意了。

他跟我们回了家,非常安静,玩了玩具,看了书。他要回家时,我说:"你把妈妈的电话给我吧,我来加她的微信试试,这样以后可以约你玩。"他说:"那我得先打电话跟我妈妈说一声,万一她不愿意怎么办呢?"我好惊讶,一个孩子竟然会想到妈妈的界限感在哪里。

他说自己周末两天都是一个人在小区玩,父母都不陪同,只通过电话手表联络。他熟知了小区的每一处细节,学会了识别陌生人,也掌握了与他们打交道的能力。他看上去很自由,也成熟。我满心想知道,他的妈妈是怎么做到的?是如何教育了他?如何训练了他?又如何能放心他一个人在小区里转悠一整天?

我对他电话里的那个妈妈产生了很强烈的好奇与亲近感。

在我生育之前,所有女人在我眼中,都只是女人。我很少去想"她们是妈妈",也很少意识到她们身为妈妈的需求。我和伴侣年轻的时候,与一对夫妇是好朋友,当时大家都还没有孩子,经常一起吃饭、喝酒、聊天……后来他们生了孩子,我和伴侣去他们家做客,大家吃完饭，倒上酒，正准备聊天时，女朋友却站起来说要去房间哄孩子睡觉。我那时感到迷惑："为什么她需要去陪孩子睡觉，还要陪那么久？她怎么还不能回来？"妈妈这个身份与她的职责在我脑海中是一片空白。直到我也生了孩子，才知道每个晚上要哄小孩睡觉是什么感觉，时间是如何不可控。如果朋友在外面等待，那真不知道会是怎样的焦虑。

妈妈的身份是一种"通感"，因为我们作为妈妈一定有共同的经验，共同的感受。生了小孩之后，我看见了"妈妈"，而且总是看见"妈妈"。她们的身影从周围所有事物中浮现出来。

有一天，我与一位女性前同事偶然相遇了。我和她虽然从未有过正面冲突，但关系并不十分友好。我们在前后两年陆续生了孩子，身份都变成了妈妈。这种身份的转变带来了一种非常微妙的气氛。在车上，我随口问了一个"妈妈问题"："你的孩子最近怎么样？"她跟我讲起自己最近脾气有点暴躁，孩子经常哭闹，她偶尔会拍孩子的手心作为惩戒。又提到老人带孩子导致的一些抚养问题（老人缺乏科学知识，也没有边界感）。这些话题我全部都能听懂，全部都能理解。这在之前是不可想象的。我对她说，孩子哭闹的时候惩戒不一定有用,给予抚慰可能更有效果。我也表示理解她工作忙碌,晚上才能回家见孩子一小会儿,时间或许不够她全面地去感受和理解孩子的心情,因而有时不能很好地接纳孩子的情绪。此时,我们不再是两个心有芥蒂的人,而是两个想互相理解、互相帮助的妈妈。

就好像我们总是从人群中认出同学并且大叫对方的名字一样,我现在遇到其他妈妈时也产生了一种遇到"同学"的心情,感觉她们都是和我一起学习,并熟悉彼此的人。我们互相传授经验、讨论技巧、分享知识与思想。我们互相帮助。在公众场合,一个妈妈会比其他人更主动地去帮助另一个妈妈,也更加清楚对方的需求。

一旦开始看见"妈妈",各种各样的妈妈就浮现在我的眼前。看到"好妈妈",我会感到惭愧;看到所谓的"坏妈妈",我则产生好奇。"坏妈妈"有可能比"好妈妈"更加自由快乐,更让人羡慕,就像小时候我们对所谓的"坏同学"总是更感兴趣一样。

有一次我看到一个妈妈给孩子准备食物。她一大早起来开始炖汤,用鸡肉、海参、蘑菇等食材,炖了整整一天,晚上汤变得金灿灿的,然后加入蔬菜和面条，那就是孩子的晚饭。而我正在给自己和小孩点外卖，我从自己的饭菜里随便拨点给小孩，这就是他的一顿晚饭。两相比较，我自惭形秽。

楼上一家的孩子生下来之后，就几乎由爷爷奶奶抚养。他的爸爸妈妈住在另一套房子里，只有周末才会偶尔出现，甚至并不是每个周末都能看到。有几次我们恰巧在电梯里遇见，那个妈妈非常温柔地跟我的小孩讲话，看上去是个非常好的妈妈。但她经常不在自己孩子身边。我看着她，就像看着一个聪明但不想好好学习的"同学"。她似乎很擅长当个好妈妈，但她并不想当。我真的很想知道，如果不在孩子身边，只是偶尔出现，那究竟是什么感觉？会不会也有我不知道的困难？她是如何衡量和处理的？真想跟她好好讨论。

妈妈有那么多种类，有那么多面。对孩子竭尽照料的妈妈，也可能在教育上对孩子有更强的控制欲；而粗心大意的妈妈或许对孩子更为放松。究竟什么是"好妈妈"，就像究竟什么是"好同学"一样，我以前站在外界予以评判，标准也来自外界。而当我自己是"妈妈"中的一员时，却再也不能那样简单地去评价了。因为我知道了其中复杂的情况，就无法再用"好"与

"坏"来简单评价自己的"同学"。或者说,作为妈妈,我们从来都是"好坏并存"的。

"妈妈群",也像是个"同学群"。我的"妈妈群"里,大家总在讨论各种问题。"去检查眼睛了吗?去哪里检查比较好?孩子们的数据是什么?""周末去哪里一起遛娃呢?""哪里又有了好玩的儿童剧目?""这个绘本很有趣。"……我们会互相学习,也因此互相促进。有段时间,我的朋友们带着孩子去参加各种体育运动:攀岩、跑酷、散打、羽毛球。有段时间,我的朋友们又都在带孩子去看各种展览……就像一个同学开始认真学习,其他人就忍不住跟上。

妈妈是一个人的身份,也是我们共同的身份。我们理解这其中的一切。哪怕是陌生人,我们也能迅速地聊到一起。两个陌生的妈妈如果在游乐场碰到,很快就能进行非常深入的交流,关于生活,关于育儿。我们会吐槽同样的东西,并迅速理解对方,达成微妙的一致。我没想到,自己会在这种身份中体验到一种"共同体"的感觉,而这个共同体如此庞大,超越了阶级、年龄、种族、国界。我不仅在身边的妈妈身上体验,我也在陌生人身上体验,我还在影视剧里、书本里,与全世界所有的妈妈共振。

以前我阅读，会注意书里女人和男人的关系，甚至跳过她们跟孩子的段落。现在我阅读，对女人和孩子的关系尤为感兴趣，安妮·埃尔诺、埃莱娜·费兰特等一众女作家俘获了我，曾经热爱的男作家们对我的吸引力渐渐减弱。我忍不住在所有的社会事件中寻找妈妈的身影，我发现每当孩子发生任何事情时，人们总是第一时间责怪妈妈，我为此感到不平。我热爱的探案剧中，如果女警察有一个孩子，她们与孩子相处的情节有时甚至比探案本身更加吸引我。

我日复一日地感受着这一切。我看到"她们"，也就是"我们"：无奈、疲惫，也充满能量。有时我想，妈妈是与"超级英雄"类似的"物种"，因为有能力而不得不承担，甚至面对更多的考验与痛苦。我可以在所有的英雄故事里看到我们的投影：我们不得不去做，因为我们能做到。但为什么一定要我们去做？为什么我们要因此而受苦？这便是"超级英雄"内部的分歧：有人愿意承担，有人很想反抗。当人们用"能力越大、责任越大"来形容蜘蛛侠时，却没有人意识到妈妈们的责任那么重大，因而反过来肯定我们的能力。

妈妈们，或者说"同学们"，也在不断进步，这种进步是指，我们也在一起携手改变对自己身份的看法。以前母亲节的时候，我们只是互相问候，祝对方节日快乐。现在母亲节的时候，我们则互相鼓励，并一起重新看待我们的身份与生活。一位朋友在母亲节这一天写道："自己当妈之后，反而更觉得每一个妈妈都是世上最平凡的女人，与其歌颂其伟大，不如允许她们的不完美。在养育孩子的过程中，她们也有想要偷懒、想要做自己、想要不那么像一个妈妈的时候。"我们都觉得她写出了"同学们"共同的心声。

有时候我和伴侣一起在学校门口接小孩，我会走到其他妈妈身边，问："孩子们还没出来，今天怎么这么晚？"我们便很自然地攀谈起来。在很多这样的日常时刻，我会想："妈妈们也是一个集体。即使是十分松散的形式。"

两条河流

在总是纠结要不要生孩子的那几年,我经常会跟朋友进行零碎的抱怨。我什么都抱怨,比如,我会说:"听说生了孩子就会急速衰老啊。"

这位朋友说:"这有什么?不生孩子也会老。每个人都会老。过了一定年龄所有人都会变老的啊。"

这句话安抚了焦虑的我。确实,每个人都会老,老又怎么样呢?

她自己一直都没有生孩子。我生了小孩,抚养小孩。几年后她来与我见面,我们在餐厅坐下。从对面的镜子里我看到自己憔悴的脸。而她在对面,容光焕发,整个人都闪闪发光。而我们几乎是同龄。

不是说每个人都会变老吗?

没有生育的同龄段女性朋友,使我得以时时仿佛观看另一个自我。如果我当时没有生孩子，可能是在怎样生活？她们向我展示了那种可能性，让我感觉自己并没有彻底告别那种生活，那种"没有孩子的生活"。

就像是站在一条河流中眺望另一条河流。

不想生育的女人们，与已经生育的女人们，形成某种对照。但为什么要进行这种对照？没人能说得清楚。人们情不自禁地将她们拿来比较，就连女人们自己也是如此。为什么社会总是想把女性分类？单身、已婚；不生育、生育……这些分类有时催化了各自选择的激烈感，女人们各执一词，情不自禁进行衡量。尤其是生育这件事，好像会形成两条完全不同的河流，对女人来说，是非常艰难的选择，一旦踏入，则没有后悔的可能。男人们则不一样，他们无论有没有孩子都可以过着相似的生活，他们从不这样审视对方。

生了孩子之后，我希望还能和以前一样，与没有生育的女性朋友交往，还是可以轻松自如地谈起日常的事情，也可以自然地谈起孩子，或者其他我们得到以及失去的东西。至少目前，算是做到了，很重要的原因是我和朋友们都到了心理相当成熟的年纪。

我们这群女人几乎没有早婚早育的，都拖到不能再拖，拖到同学家的孩子都已经上了初中。然后在某个时间段，可以说是一次大型的分道扬镳：一部分去了那边，一部分去了这边。那是在很短的时间里完成的。有那么几年，差不多就在我生小孩的那几年，几乎每隔一段时间就能听说一个女人生了孩子的消息。而在这之前可以说毫无征兆。想来，别人对我生小孩这件事也是同样的感受："她怎么忽然就生了？"

生了孩子的女人，过上了一种不得不稳定、有时也不得不变动的生活。稳定是因为孩子需要稳定（稳定的住所、游乐场、朋友、学校），变动也是因为孩子，比如为了让孩子上更理想的学校而变动。没有生孩子的女人，则穿着漂亮的衣服，四处旅行。虽然我们一定都有各自的问题要面对，却并没有过度地羡慕对方。也就是说，到了这个年纪，我们大致还是做出了属于自己的选择，并且坦然接受了，因而也可以用一种较为放松的目光看着对岸的风景。

年轻一点的女性朋友们，正在经历我们经历过的纠结：是选择这条河流，还是那条河流？生育的纠结是独属于女人的纠结，大部分男人对此毫无感觉。男人没有关于生育的时间表，他们在70岁时都可能忽然拥有一个自己的孩子，而女人生育的闹钟从30多岁就开始嘀嗒作响，直到彻底停止。

我当时纠结了很久很久，最终是被恐惧支配做出了决定：如果此时不生，那么可能永远都不会再生。会不会失去重大的人生体验？以后会不会后悔？尤其是我看到有些大龄女性忽然想要生育，为此吃尽苦头，用尽各种方法，体会到无尽的痛苦，最终或达成所愿，或始终没有成功。女性把生育看得如此重要，究竟是她真实的感受和渴望，还是一种被灌输的愿望？我们都觉得是后者，觉得女人对孩子的渴求也是一种文化的灌输，但我的内心确实会被一个女人渴求孩子的情绪以及激进的做法所影响，并担心自己也会面对那种错失。

我的朋友们，几乎都是从 35 岁开始进入了焦灼的阶段。之所以那么焦灼，是因为幸运，也因为努力在这个年龄得到和建立了一点东西，而这些东西又是那么脆弱。男人不会担心生孩子会影响自己的身体、工作与休闲时间，女人需要担忧的却太多太多。而"不生孩子"，又是一个让女人恐惧的决定，因为它不可撤销。生育的 deadline 正逐步逼近，可以纠结的时间不多了。曾经一度，有些精英女性希望通过"冻卵"来延长做选择的时间。生物性的不公平和社会性的不公平一起加诸在女人身上。

我记得自己在35岁时陷入了一种不可停歇的愤怒。纠结生育时我是愤怒的，最终怀孕时我依然是愤怒的，生下孩子的时候我还是愤怒的。我在人生中第一次感受到了性别带来的巨大不公，因而愤懑不已。

我甚至暗自想过："如果我不能生育，可能还轻松一点。"如果命运已经帮我确定了道路，那我只要往前走就好了。有些女性生育了也是因为没有选择，因为周围环境决定了她必须生育。现在我们可以选择"生还是不生"，没想到的是，有选择也是如此痛苦。

而男人们的态度又令人玩味。男人的"尊重"有时会演化为一种逃避。有些男人迫切地想要一个孩子，无视女性的犹豫，这很糟糕。而有些男人对女人说："你来决定吧，都听你的。"这也并没有让事情变好，反而让女人处于一种更加悬而不决的境地。因为她深深知道：男人的机会和时间都比自己更多。

在我纠结了很久，把家里搞得鸡犬不宁的时候，有一天晚上，伴侣对我说："如果你想生一个小孩，生下来之后我会努力抚养，尽量让你可以跟以前一样生活。这样可以吗？"他说这句话时，委实天真，对育儿的难度估计严重不足，我也一样。但至少，他当时的态度,最终让我意识到,我需要的正是这份承诺:"我会同样承担责任。"我生下了小孩,他也确实努力承担了很多育儿劳动,可我并没能像以前一样生活。我们是在盲目中互相支持做了决定,幸好这份决定没有让我们后悔。但如果后悔了呢?那么至少两个人可以一起分担责任。

女性需要的是伴侣真正地理解她们的纠结与艰难,并且能够尽量准确地承担和解决问题。"如果你现在不想生,以后要是后悔了,我们可以尝试领养。""如果你现在想生,那我会做以下的事情来减轻你的顾虑,比如更多地参与育儿,或者承担育儿嫂的费用,让你可以继续做自己的工作。"女性需要的是实际、具体的支持,而不是轻飘飘的"我尊重你的决定"。

女人们感到社会和家庭都希望自己主动来承担这份选择:"是她自己要生孩子的。"这样生下孩子之后,顺理成章随之而来的就是"无限的母职"。女人生下孩子之后,似乎就要承担随之到来的一切。而这并未得到女性的知情和承诺,社会就自然这样判决了。从来没有完美的妈妈,但养育孩子所有的后果,却要妈妈来承担。当一个孩子身上出现任何问题时,人们都第一时间看向妈妈,而不是爸爸,也不是家庭,更不是社会环境。

生孩子是两个人的事情,生育则是一个社会议题,为什么最后变成了女人一个人的痛苦?好像她要对一切负责,并承担所有后果。谁能在这样的情况下轻松做出决定?

对于未来的想象,也会让女人对生育望而却步。仿佛一旦生育,女性的自我就会消失。就像朋友所说:"自从我生了孩子之后,每年我生日一定会发来祝福的暧昧对象从此消失了。"其实不是他"消失"了,而是她在他的眼中"消失"了。暧昧对象的生日祝福一点也不重要,但这种"自我的消失"让女性难受,因为那也意味着女性关于自我的浪漫幻想随之消失了。我们花了很多时间去锻造所谓的女性魅力,树立专属自己的女性形象,这种形象并非完全为了男人,也是一种确认自我的方式。而当妈妈,就意味着暂时地全盘失去。至少社会是这样暗示我们的。它甚至不可言说。

男人不会因为成为爸爸而魅力减少,但为什么女人所有的身份仿佛都是互相冲突的?我们只能选择做好其中一个。而男人可以同时做好所有的,或者说,男人只要做好了一个,其他也都一起变好了。男人的所有身份都是一体的,而女性的身份总是割裂的、冲突的。这让我们感到痛苦。

女人们还从一个个现实故事中看到作为妈妈的困境:不仅妈妈们在婚姻中承担大多数的育儿劳动,如果离婚,她们经常会为了得到孩子的抚养权而在经济利益上让步。离婚后,独自抚养孩子的各种压力都在妈妈身上,很多爸爸离婚后连抚养费都不肯付。除了经济压力,妈妈们还要面对很多精神崩溃的时刻,这可能会给孩子造成压力,又反过来变成了妈妈的错。为什么错的总是妈妈?

女人们拒绝生育,正是对这种不公平的一种反抗。

如果无论生育与否,女性都能得到家庭和社会的支持,她们的选择还会如此困难吗?如果她们生育之后,不必过于操心抚养与职场的问题,如果她们不生育也能面对一个友好的环境……那么,她们的选择就不会如此艰辛、摇摆。

与以前不同的是,现在生育过的女性已经不再劝其他女性生育了。当纠结的女性来询问时,妈妈们都说:"千万不要生!你会非常辛苦,没有时间,并且失去自我!"她们非常坦诚地展示育儿时的痛苦,以及置身其中的崩溃:时间是紧张的,闲暇是没有的。妈妈们的愿望只是"一个人待会儿",这种还没成为妈妈时随时可以实现的事情,会变成有难度甚至不可实现的事,这让还没有生育的女性大为惊恐。但当孩子展现出甜蜜时,妈妈们又难以抵抗地陷入其中。这两种状态不断反复,让没有生育过的女性更迷惑了,可以说比以前还要迷惑。

让女人感到惊恐的除了母职的艰难之外,还因为"成为妈妈"有着吞噬一切的力量。有人早就说过:"并非婴儿的啼哭,而是他们太多的欢笑,让时间不知不觉就过去了。"以及,"妈妈对孩子的爱可能会让她们忘记自己曾经热爱的一切"。也就是说,并非完全是麻烦、辛苦、责任这些东西让女性抗拒成为妈妈,成为妈妈的欢愉一样让人感到不安:那种欢愉是真实的吗?它会不会替代我们本身的欢愉?

当一个妈妈在朋友圈不断讲述育儿的乐趣,晒孩子的照片、作业和成果时,甚至比她抱怨育儿更让别的女性感到一种内心的拒绝:"我不要成为这样的女人。"

我总想尽可能对纠结是否要生育的女人客观描述

我的生活，来给她们提供参考。但我所描述的"客观"是如此缥缈和摇摆，又如此不坚决，还充满了变动。今年与去年不同，明年可能又更为不同。我想叙述我的生活，但那比想象中的更加复杂，并且充满了互相矛盾的事例。生育将我的生活从一面或者两面变成了一个三面的棱镜，它对生活的改变正是如此，增加了生命的维度。然而，增加生命的维度也不一定就是好的，有时那是一种痛苦的维度。如果一个女人得不到支持，就会因为生育失去太多，她或许会恨孩子，也会恨自己。

谁能给出"要不要生育"这样的人生建议呢？工作可以辞职，专业可以转换，结婚也可以离婚。对女性来说，唯有生育的决定不可撤销，无法转变，更不能回头。

我有时候会想：世界上存在那样的女性吗？就是说，她或许并没有多想什么，只是专注自己的人生，不知不觉，生育这件事就从生命中过去了。也并没有任何的疑惑或者不安，而是一种非常完整的人类生命体验。真希望世界某处存在着这样的女性，我也相信世界上一定存在着这样的女性。但大部分女性，即使是以激烈的方式表达否定和拒绝,也无法完全不去思考"生育"这个问题。甚至"拒绝生育"本身就是"思考生育"的一种方式。

在我纠结是否生育的那段时间里,我的一位编辑朋友正在尝试引进一本书,名为 *Selfish, Shallow, and Self-Absorbed: Sixteen Writers on the Decision Not to Have Kids*(《自私、肤浅和自我中心:16位作家谈他们不生孩子的决定》)。这本书对我来说太具有吸引力了,我们都是作家,都"自私、肤浅和自我中心"。我迫切想要读到,来看看别的作家是怎么考虑的。可惜的是,因为引进的时间过于漫长,等这本书真的被翻译成中文出版时,我已经生下了孩子。

生育之后再读这本书,感受已经完全不同。这本中文版名为《最好的决定》的书认真讨论了"不生育的决定",同时也在"为何我不生育"中苦苦思索"生育"这件事,对生育中的问题展现出了极其敏锐、细腻的观察。

在书中,有人写道:"母亲会憎恶婴孩,因为孩子无情地向她索取一切。母亲的身体和我的身体是无法区别对待的——至少对我来说是这样。……很可能,妈妈也期待我们走失,不想让我们在她身边。"有人写道:"我妈妈也这样,在四十多岁时经历了长期的情绪失控。我深知,身为母亲只会让她的状态更难熬。事实上,因为精神上的失控,她一直无法为青春期的女儿们提供强大的保护力。"女儿对母亲状态的体察,会使她们恐惧生育。

有人非常尖锐地指出:"生物特性决定了由女性担任生儿育女的责任,那就该有许多社会性的补偿来平衡这种不公正,但如今的社会给予女性的补偿远远不够多。"

"尽管女作家们一直在写涉及育儿经验的小说,但只有(男作家)克瑙斯高的《我的奋斗》吸引了国际文坛的瞩目,书中巨细靡遗地描摹了换尿布、喂宝宝、应对婴儿的哭闹等家务事,终于让这个世界惊醒过来,发现家务事中也蕴含了深刻的剖白,就因为这是从男性视角得到的充分展示。"

作家们在反抗生育时,也对生育这件事进行了大量的思考。这让人感到一种无奈,像无法摆脱的泥沼。当我们,尤其是女性,想要拒绝生育的时候,首先要如此郑重其事地思考生育的意义,然后再推翻它,这是一个极其庞大的工程,而不是自然而然的轻松决定。不生育竟然需要那么多的自我剖析,需要不断地思索与辩驳……这本身难道不就是一种压力吗？一个人本来不需要为自己的生育解释任何事。然而，无论生还是不生，生育这件事都与女性捆绑得更为紧密，似乎无论生不生孩子，都是女性丧失得更多。

在读这本书的时候，我也前所未有地意识到，即使作家们对生育进行了大量的观察、思考、总结，而且都是对的，但同时都只展现了"一面"。生育后，作为妈妈本人，我读到她们对"妈妈"的描述会觉得：很对，但也不完全是那样。我们就像身处一个平面的两侧：没有生育的时候，看这一面完全是这样；生育之后，发现反面还有别的东西。或者说，原来的东西变成了镜像，显示出了别的意味。

还有人写道："在我想来，没有孩子的生活就好比沙滩上的一个洞，海水很快就会灌进去。只要有空洞就会有填充。……没有孩子，成百上千的别的事就涌入了我生活中空闲的地带。""我只是不想生。小孩不整洁，肯定会把我家搞得乱七八糟。大体而言，小孩都是忘恩负义的。他们会吸走太多我写书的时间。"

我相信确实如此，不生育就可以去创造其他事物。如果我没有生孩子，或许也能做很多现在不可能想象出来的事。那种生活也一样令人着迷。每次想到这个，我就会想到自己当时决定生育时的彷徨与艰难。

  繁衍或许是出于一种来自远古的深情而强大的呼唤，人们很难摆脱那种压力与诱惑。但有人想成为妈妈，有人就是不想。社会之前对于"不想成为妈妈"的女人是彻底忽视的，认为那是不正常的事情。女人不想做妈妈总需要理由："是男人不想要小孩吗？""是你生不出来吗？""是因为你忙于事业吗？"……很多女人甚至无法表达出自己的这种想法。我有两个已经55岁的女性朋友，她们都在30岁的时候生下孩子，在那个时代算很晚了。她们都很爱自己的孩子，为之付出很多，并且毫无怨言。但她们都曾经说过："如果当时知道，女人也可以选择不生孩子就好了。如果当时知道还有这种选择就好了。如果当时知道人生还有这种可能就好了。"她们从未后悔过生育，但是，当时社会给她们的感觉是："女人一定要生育，这一点不接受任何质疑。""如果当时知道还有这种选择就好了"，那意味着完全不同的思考与想象，是完全不一样的思维方式，很可能改变很多事情。

  如果现在问我想过怎样的生活？我会回答，想过既有孩子又没有孩子的生活。我想同时踏进两条河流。

我生了小孩，总是会想如果没有生会怎样，我会变成什么样子，我也想要知道那样的自己；如果我没有生小孩，想必同样会好奇生了孩子的我是什么样的。我想分裂成两个人，分裂成两个女人，一个是妈妈，一个不是。如果可能，我真希望自己是两个人，有两种人生，一种可以经历"成为妈妈"的旅程，一种又可以将"妈妈"这个身份彻底剔除。

但我现在过的，却是一种全然拥抱"妈妈"的人生，它时常让我沉醉，又让我警醒，还让我感到忧伤、失落，仿佛那成了我仅有的东西。我不能抱着孩子享受片刻欢愉，然后就迅速把他全然忘记，变成一个没有孩子的女人。妈妈这个身份像是一个宇宙，我一边感受它的丰富与复杂，一边抱怨它的无边无际。

玛格丽特·杜拉斯说"不当母亲会失去半个世界"，这是真的吗？"成为母亲"又失去了多少呢？也是半个世界吗？我选择了生育，我来到了这一边，希望自己可以享受这种人生，却不能不去看因此失去的部分，无法真正感到心满意足。我们很难感到完美，感到满意，不论生育与否。或许只是因为我们是女人，只是因为我们可以生育，能力反而变成了束缚，变成了限制我们、捆绑我们、萦绕我们的东西。

我们都像是月亮，却不是满月，总缺了点什么，只是程度各有不同。我们不断去想象自己缺少的东西，却因此更加迷惘。有时候，恨、怨和拒绝，都是对这份缺憾的咀嚼。真想彻底而决绝地拥有自由啊，但小孩又在此时抱住我的手臂对我甜蜜地微笑，将我分成两半。

我们如何才能在各种身份中变成一个完整的人？或许永远也不可能。也或许这种分裂，就是我们。

第三部分　激情

我在现在、未来和过去之间穿梭,在社会、家庭之间往返,充满了自发的激情,并相信自己正在创造新的意义。

当我们谈论育儿时

周五的时候,我跟女性朋友约了见面,她带孩子来找我,有时她从包里掏出两罐啤酒,有时我们去便利店买饮料和小吃。孩子们在游乐场追逐玩耍,我们坐在旁边,边喝边聊。

下午的阳光是金色的,那个秋天尤其漫长。我经常喝着啤酒想,很多男人也会在下午喝着啤酒,度过这样无所事事的时间。但我们只是看上去无所事事,孩子随时会来找我们,我们也用似乎不存在的第三只眼一直关注着孩子。而且,我们一直在谈论孩子。

我依然关心外面的世界,我在网络上与各地的朋友谈论文学、政治、国际大事。但在日常生活中,育儿的思考与实践占据了我最多的时间。我仿佛在学习一门新的学科。有人曾经开玩笑说:"生了孩子之后,我就像在读一个新的学位。"

这种新的学习状态，唤起了我的激情。育儿可以说是从最开始尝试认识人类、认识家庭、认识社会的行为，近乎一次人类学的亲身实践。等我理解这一点时，我的小孩已经6岁了。那一整年，我与朋友们都在讨论育儿。我们喝咖啡的时候谈论育儿，喝酒的时候谈论育儿，吃烧烤的时候谈论育儿；我们看着孩子玩耍的时候，当然也在谈论育儿，我们不看着孩子的时候，还是在谈论育儿。很多人被我们谈论育儿的密度震惊了，觉得我们不可理喻：育儿有什么好谈的？有必要这样不断地谈论吗？

我们怎么会这样喜欢谈论育儿？当然首先是因为我们的生活被育儿覆盖了。我们跟孩子经常待在一起，时时刻刻在观察孩子。但最终，那些语言、思考，还是指向了我们的自我。所有的育儿讨论都变成了对自我价值观的不断重复、反思和顿悟。我们谈论我们观察到的一切：家庭、社会给孩子的压力；大人对孩子的粗暴态度；养育中的权力关系……在不断的讨论中，我们对自己的世界观和价值观进行了各种阐释，这种阐释与创作无异。

在生小孩之前，我挑选自己的朋友，和互相喜爱、拥有同样志向、兴趣与价值观的朋友在一起，生活在近乎真空的环境中。生了小孩之后，我在小区游乐场认识世界，与以前没有机会对话的人交谈：来自各个地方、面对不同状况的养育者们，她们多半是妈妈、奶奶、外婆。我看到了以前自己从未看到的区域。以前我看不见与我生活在共同空间里的孩子，也看不见养育者，更别提去关注与理解他们。但现在，他们的存在超越了一切，直接暴露在我眼前。

我在游乐场、餐厅、草坪，在一切公共场合观察。我看到被忽视的孩子，被呵斥的孩子，习惯于暴力的孩子，不懂得拒绝的孩子，总在讨好的孩子，被排斥的孩子……只要仔细去看，就会发现整个空间都充斥着家长们的"禁止"："不要跑！""不要跑这么快！""不要吵架！""不可以这样！""不要玩水！""别把身上弄脏！""别碰到别人！"孩子是在无数"禁止"下长大的。

有一次我在游乐场看到一个小小的孩子，大概3岁吧，他一直在说"打打打"，并且伸手尝试去打所有的孩子。然后他坐在地上独自玩玩具，又大声说着"傻瓜"之类的词。话音刚落，他的奶奶和妈妈忽然一起扑上去打他的嘴,一边打一边说:"说脏话就打,说脏话就打。"我惊呆了。暴力成了家庭的日常语言,也成了孩子认识世界的方式。我因此看到了家庭、社会的暴力语言在孩子身上的继承与延伸。

养育者还经常发出"抛弃"的威胁。小区路中间一个孩子跪在地上大哭。十步远的地方,他的妈妈正在训斥他:"不要哭了!再哭我就走了。"孩子哭得更厉害了。他妈妈又说:"我数三下,你自己走过来,否则后果自负!"孩子不愿意,继续哭。他妈妈真的迈腿要走。孩子吓呆了,连忙爬起来,疯狂地跑过去,哭到崩溃:"妈妈,不要走!"

对育儿的观察就是对社会的观察。养育者与孩子的关系是社会状况的缩影,是紧张还是松弛,是苛刻还是包容,是控制还是支持,都是社会氛围的体现,也是养育者本身所面对问题的体现。养育者没有耐心、过于焦虑、情绪崩溃,很多时候不过是与社会状况共振了。因为观察养育者和孩子,我进而深入到了社会的肌理之中,成了一个更仔细、更广泛的观察者。

我还因此认知到了家庭内部的权力问题。父母当然爱孩子,大部分父母都认为自己完全服务于孩子,奉献给孩子，却不承认自己对孩子拥有着至高的权力。尤其是幼年的孩子，生活完全是围绕着父母进行的，不管父母认为自己付出了多少，他们都是这段关系的权力中心。要如何看待和处理这种权力，在这段权力关系中尽力平衡双方的关系，核心就是父母本身对于"人"，对于"权力"，对于"平等"的认知。

我喜欢这种感觉——思考的感觉。我认为自己触碰到了育儿的核心：如何认识并处理权力关系。我尽量平等地与小孩相处，总是蹲下来听他说话。当他说"不"的时候，我尽量遵从。我不允许任何人对他发出暴力的威胁，不喜欢任何大人在他面前彰显优势并因此带给他压迫感。我从不说"这是我的家，你要听我的"，而是说"这是我们三个人的家"。我让他自己做决定。我想在他身上尽量消弭暴力与权力的阴影。因此，他也总在反驳我，反问我，抗议我。

有一次我开玩笑地对他说："以后我喊你小傻子吧！"

小孩说："我不喜欢傻这个词。怎么会有妈妈对自己的小孩说他傻呢？"

我连忙解释："我只是跟你开玩笑，一个昵称，不是真的认为你傻。"

小孩:"你明明知道这个玩笑不好笑,为什么还要开?"

他对自己的感受非常敏感而且准确,对不舒服的事情总是大声说出来,就连赞美也不是立刻就接受。当我对他说"你可以做到"的时候,他大声抗议说:"不要因为你喜欢我,就说我什么都能做到。"他意识到并直接指出了这种来自妈妈的"期待的暴力"。

育儿还让我第一次认真反观我的童年,并且对"小时候的我"进行了一次超越时空的重新养育。当自己身为孩子的时候,我缺乏辨别的能力,更别提去思考。但现在,我从小孩身上重溯回去,以小孩的视角再次与社会四目相对时,那些规训、压制,因而变得一清二楚。

小时候,我的父母总是希望我在表面上维持和平与友好,希望我对所有事情表现出豁达与让步。我的父母非常胆小,害怕一切冲突。在父母的抚养下,我是一个极度回避冲突的人。但我不希望自己的小孩是那样的,我希望他能清晰地捍卫自己的边界,即使拒绝别人,也不感到害怕。我在他身上投射了"更好的自我"的想象。因此在小孩与别人争夺某样东西时,我必须竭力克制对小孩说出"算了，你就让给他吧"的冲动；要在小孩说出自己的委屈时，避免说出我父母之前总是说的："那你有没有想过自己的问题，你可不可以做得更好？"我努力将小孩的情绪全然接纳，像是通过拥抱他来拥抱幼年的自己。

小时候，父母为了自己的面子，总是要我让步。好的东西他们总想给别人。他们想培养我"慷慨大方"的性格，但一个人如果总是匮乏，缺乏安全感，一直处在不满足和失去的焦虑中，怎么可能"慷慨大方"？所以现在我从不强求小孩给别人分享他的东西，而是让他自己做决定。

然而，仅仅这样也是不够的。小孩还让我清晰地看到，我被父母塑造出来的在人际关系上的软弱，至今仍然深深遗留在身上。当小孩与其他孩子发生矛盾的时候，虽然我没有要他让步，但也只是经常站在一边沉默，无所作为。有一次，朋友的孩子想要小孩的玩具，小孩拒绝之后，朋友的孩子崩溃大哭，并且踢了小孩几脚。而我却陷在"是因为小孩没有给他玩具，他才崩溃的"这样的想法里，丝毫没有想到应该去阻止对方并且保护小孩。

后来有一天，小孩问我："妈妈，你当时为什么不管？"我说："因为我不是他的妈妈，我本来希望他的妈妈会管。"（我总是向小孩坦白自己的真实想法。）小孩说："但你是我的妈妈啊。你应该制止他。"我这才惊觉，原来小孩需要我，需要我的保护。而突破这种退让和软弱是我自己的课题，要放弃"想当个好人"的执念。养育小孩的过程，也是我重新认识自我并且改善自我的过程。这一过程，在其他人际关系中很难如此明确地展现出来，也很难有效地实践。

我还经常为自己脱口而出的陈词滥调感到羞愧，那些语句仿佛是从历史，从过去，从不知道谁的嘴里说了出来，比如："你看看别人家的孩子，你怎么还做不到？""你觉得你这样对吗？""你怎么能让我感到失望？"这些糟糕的、陈旧的、毫无意义的语言，自动从我嘴里说出来，向我的小孩倾倒过去，学习多少育儿知识都不能阻止。我身上残留着自己成长的片段，浸染着从社会、家庭、学校吸收过的毒素。我读了那么多书，立下志愿，不断谈论与思考，却还是难以根除那些破碎的语言。也是因为如此，我更要努力在我的小孩身上将之去除，让他以新的姿态去生活。

在理解到这些之前，我一直将"育儿"视为一种普通的事务性劳动，但越往深处，我就越明白"育儿"并不简单，是要去创造一个新的微型世界，并在其中实践大人所有的道德、经验与想象。我调动了我所有的学识、所有的感官、所有的情感。

孩子是毋庸置疑的"弱者"。在没有小孩时，我以自己为尺度衡量社会。在有了小孩之后，我从他的角度，意识到所谓的"弱者"到底是怎么回事。在"大人认为的简单"和"孩子的困难"之间，正是"强者"与"弱者"的距离。我从小孩身上，无数次意识到强者的自以为是和弱者的不知所措。因为小孩，我不得不真正地关心社会、关心他人。有了小孩之后，我才逐渐克服了自己身上存在的"社会达尔文主义"，学会了以弱者（孩子）的目光去观察和思考。社会和家庭中隐藏的东西变得一览无遗：暴力的碎片、性别的问题、焦虑的传递、权力的分配与作用……我在现在、未来和过去之间穿梭，在社会、家庭之间往返，充满了自发的激情，并相信自己正在创造新的意义。

当我们谈论育儿时，到底在谈论什么？我们在谈论自己。

物的焦虑

小孩每天下午都会去小区外面的游乐场玩。那里是周围孩子的聚集地,有很多游乐设施,还自然形成一个玩乐空间。他有时会在那里待三四个小时,直到天黑。

这段时间里,我跟朋友(另一个妈妈)只需要找个地方让自己轻松待着就可以了。我们可以坐在旁边的长椅上玩手机,还能点杯咖啡或者奶茶来喝。孩子们不会轻易离开,那里也很安全。总之,游乐场本来是个让人舒心的场所。

然而从某一天开始,小孩养成了一个习惯,他会在双肩包里放好多玩具,带到游乐场便在地上撒开,然后自己就跑远了。

一种奇怪的游戏,像是邀请:来玩我的玩具吧!

但他自己不参与，只是跑远了。等他跑回来，玩具已经被一群孩子围住，玩了起来。

有时他会展现自己的权力，选择可以玩的孩子。有些孩子被确定不可以玩他的玩具，有些可以；有时他放任一个孩子完全霸占那些玩具，那个孩子会把所有玩具短暂地占为己有，不让其他孩子玩；有时他允许任何人玩，自己也会加入。

我看着他做这些，有点迷惑。但对我来说，最困难的时刻是玩具被随便扔得到处都是的刹那，我的心脏为之紧缩，焦虑产生了。

我已经40多岁，但过往的岁月并没有离我更远，反而更深地在我身上展示自己的威力。人们到了中年会更像自己的父母，这一点或许是伟大的真埋。我有一对非常焦虑的父母，尤其对物品极度焦虑。那当然是因为他们生活在物资和金钱极度缺乏的时代与环境中。他们没有苛待我，但贫穷就像是一种难以掩藏的病征，弥散在生活的每个细节里：东西用了又用，不能用依然在用；购买新的是几乎不被允许的行为，是极度无奈的选择；丢失则会让人极度痛苦……物品凌驾在我们的生活之上。父母那一辈愿意为了抢救一个物品而伤害自己的身体：为了捡东西跳下河，为了挂在树上的东西爬上树。有人为了拿屋顶上的东西,从屋顶上摔下来。物品的神圣程度超越了一切。出门的时候,父母要求我紧紧抱住自己的包,每三分钟就问包里的东西还在不在。

当小孩随手将那么多的玩具扔在游乐场空旷的地上,而陌生的孩子们迅速围拢来,把玩具拿在手上又四散开来的时候……我感到周围瞬间安静了,能听到自己咽口水的声音——是我不由自主地紧张了起来。

我到底在害怕什么呢?如果我停下来问自己这个问题,就会发现没什么好害怕的。怕损坏吗?没有那么容易坏掉。怕丢失吗?也不是非常昂贵,是可以承受的。那我到底在焦虑什么,害怕什么?

小孩的感觉又是怎样的呢?按道理说,这些东西虽然是我买的,但已经送给了他,是属于他的了,他可以按照心意处理。那他对自己的物品是什么感觉呢?他当然也丢失过东西,但他对此似乎毫不在乎。我们在对物品的感受上大相径庭,对待物品的方式也完全不同。

比如,他对自己的选择从不犹疑。这就已经令我惊讶万分。他面对无数种物品，可以轻松而且准确地指出自己想要的那一款，而不在乎那个东西的价格、大小或者可玩程度。他是如何分辨出来的？为什么他不犹豫？为什么他不会既想要这个，又想要那个，导致无法选择呢？为什么他选择其中一个的时候，不会担心自己选错了呢？是不是因为，他对未来毫无忧虑？因为他知道还有下一次选择的机会，所以对这次的选择分外笃定？因为有很多次机会，就不会为一个机会纠结？我只能这样猜测，毕竟我是在便利店买瓶水都要不断比价的大人，我从来不懂不纠结是什么感觉。

他的脑海中似乎不存在思考"丢失"这件事的空间。我们在香港旅行的时候，他在玩具店一堆玩具中准确而坚定地选择了一个喜欢的怪兽。后来，那个怪兽果然引发了所有孩子的兴趣。他去哪儿都带着它，当然是很喜欢的；但我并没感到他会特意认真地保管它。别人要玩的时候，他会慷慨地递过去。

有一天我们在外面吃饭，忽然发现那个怪兽不见了。他回忆了一下："刚刚玩的时候，我把它放在了一个地方。"我急匆匆带他去找，一路上对他说的那些话，似乎根本没经过我的大脑，而是直接从什么地方，或许是从我的过去、从我父母嘴里传输过来的："你自己的东西要看好。丢了怎么办？""那是在香港买的，下次去香港可不知道是什么时候。""丢了我可不管，你自己承担。""每次玩完要记得把东西收好啊。"等等。小孩一言不发。

到了他摆放玩具的地方，怪兽就站在草丛里。

我再次说："下次一定要记得收好自己的东西，被拿走可就找不到了。"

他问："你为什么说它会被拿走？"

我愣住了。是啊，为什么会被拿走？为什么被拿走是他的责任？为什么我要向他灌输对物品如此紧张的看法？

难道我希望他成为我这样的人吗？在高铁和飞机上，我会忍不住去检查行李，总是担心丢东西。我每时每刻都想检查自己的包，检查手机在不在。我们这一代对"丢失"的记忆太深刻了。年轻的时候我们确实会遇到小偷，我清楚地记得有一天晚上看完电影出来，跟我平行走着的一个男人一直对我做手势，我刚开始没能理解，后来顺着他的手势往后一看，一个年轻人正想从我的背包里偷东西。

但现在，我们甚至已经不用钱包了。手机时刻拿在手上。到处都是监控。我们丢失物品的情况确实少了很多。更重要的是,我们能够承受丢失的后果了。除了最重要的手机、电脑之外,可以丢的东西非常少,也不是极其昂贵。为什么我们还要把焦虑传递下去?

我们总是担心自己丢了什么,物品、机会、朋友、工作……很多很多。但忽然,我发现自己的小孩对"丢失"没有概念,也没有感觉,只剩下自己的焦虑在折磨我。那这种焦虑是真实的吗?

回到游乐场现场,在混乱的场景中,陌生孩子们全都在玩着我的小孩的玩具。有一刻,地上一个玩具也没有了,全部都不见了;接着我又在其他孩子手上发现了他的玩具,还在远处的草丛里发现了两个……玩具的主人毫不在乎,还在飞奔。

为了解决我的焦虑,我把他喊了过来。我让他把所有的玩具先拿过来,我们一起数了一下,一共是11个怪兽。"都在这里了吗?""是的。"

"好。虽然这些玩具是你的东西,但都是我买的。它们属于你,但你也需要管理和保存它们。这里有11个怪兽,晚上你得带它们回家,如果少了的话,那是你的东西，你自己承担。同时，下个月的玩具我就不买给你了。"

小孩同意了，之后又跑远了。

整个下午我都在思考自己这样做对不对。这些物品为什么属于他，同时又为什么由我来制定规则呢？这样的话，那些东西还是真正完整地属于他的吗？这种干预会不会影响他对物品所有权的感受？会不会让他觉得自己并不完整地拥有物品？

我越想越觉得是我的问题，我不仅对物品感到焦虑，现在还想将这种焦虑带给小孩。在那个下午，我们的不同被彻底揭示了：我带着我的过去，而他是个全新的人。

傍晚的时候，我们收拾东西回家。11个怪兽，一个都没少。

一路上我的心情糟糕极了。东西没有少，我的心情却更糟糕，因为这一事实正在指出，我做错了。或者至少说明我的行为毫无意义。我给小孩美好自然的世界里增添了无意义的、丑陋的、无聊的一笔。

"比起物品丢失的事实，保护孩子的信心、安全感和掌控力更加重要。"有人这么说。确实如此。然而万一我本身就没有信心、安全感和掌控力呢？我没有的东西可以教给小孩吗?或许他已有全部,我需要做的只是不去破坏。

我与父母共享同一种对于物品的焦虑,而孩子终于与我分道扬镳,告别了关于焦虑的传承。他或许会成为真正懂得享受物品的人吧。这样想着,我拉着小孩的手往家里走去。

诱惑的俘虏

孩子们因为"物质充沛"而变得更为放松,他们似乎因此认定自己轻松就可以拥有无穷无尽的东西。然而"充沛"并不一定就是好事。我在育儿的过程中了解了这一点。因为"过于充足",很多问题也随之而来,比如糖的问题。

我小时候会用白糖拌米饭吃。我不是特别爱吃甜,但能吃甜的机会我从不放弃。能吃到糖的机会并不多。当然会有些甜的东西,但获取的途径比较有限:偶尔节日的甜食、宴席上的甜品和不怎么经常出现的零食。

我记得那时吃甜的感觉。被一种甜蜜的东西包裹住,吃了还想继续吃。但我最终会轻松停下来,因为供给有限。家里做的汤圆,只有节日才出现;宴席上的甜品每人只可以分一小碗；零食要钱买，但钱太少，还要攒下来买别的。

我还记得第一次喝可乐。我爸爸出差，从很远的地方回来，到家已经半夜。他郑重地拿出一瓶可乐，我从来没有见过。于是我非常期待地坐下来，严肃地打开了那瓶已经没有气的可乐，倒在杯子里，仔细品尝。

……难喝死了。一瓶温热的、没有气的可乐。我没有在青少年时期爱上可乐，是因为我只在一天深夜这样喝过温热的可乐，是因为在我长大的世界里，物资匮乏，也顺便减少了诱惑。

我从来没有想过，有一天，我的小孩会生活在糖无处不在、糖唾手可得、糖有千万种的世界里。

所有的一切里都有糖！玩具里也有糖。你以为给孩子买的是一件玩具，岂料打开发现里面藏着糖果。无糖饮料也是甜的，也有代糖。朋友每次见面都给小孩精心准备巧克力或者别的糖果礼物；小伙伴们见面，妈妈们给每个孩子都准备了甜品；冰激凌、冰棍总不能不让他吃吧；走进便利店买水喝，里面全是诱人的糖果：硬的、软的、各种形状的（海洋生物、小汽车、毛毛虫……）；回到老家，老人们偷偷准备了各种甜的零食，一找到时间就塞给孩子。

糖，让我崩溃。有些父母很轻松地说："我的孩子不爱吃糖。"我嫉妒得发疯。

我的小孩，热爱吃糖、喝饮料。而这个世界对喜欢糖的孩子来说，就是一个巨大的无法逃避的陷阱。

有一部纪录片叫《高糖陷阱》，开场就是一个孩子因为长期大量喝饮料而不得不拔掉好几颗牙的场景。有一次我为了恐吓小孩，专门让小孩看了这一段。他当然被吓住了，非常害怕，但并没有因此减少吃糖。由此可见，恐吓与威胁，对孩子一点用也没有。他还没有能力建立恐惧和行为之间的长期逻辑关系。

在大人看来，糖和毒药无异。糖会影响牙齿，但这不是最重要的，坚持刷牙即可；它还可能会影响大脑发育，影响孩子的身高和行为，据说还会影响孩子的视力，等等。在传说中，它仿佛是一种日常毒药。孩子很容易糖上瘾，也就意味着他无法拒绝糖，并且因为经常喝饮料而不爱喝没有味道的水。

我们再次展现出父母的无用。可以一次不买糖，但不可能次次不买，而甜的东西无处不在。小孩的哀求也不可能完全忽视。他路过便利店，要求买一块巧克力蛋糕或者一小袋果汁糖，我们根本没法做到每次都拒绝。我的伴侣嘴上说起来对小孩吃糖非常严厉，实际上根本无法抗拒小孩的愿望，经常用糖果表达自己的爱意。

有人说索性放开让他吃，也许他反而就不吃了。这种经验，也一样只对某一类孩子有用。如果放开让我的小孩吃，那么他就会一直吃。当糖占据大脑时，会让大脑越来越渴求更多的糖。如果让他一直吃糖，他就会越吃越多，越吃越想吃。

我们既要把糖藏起来，又要在他需要糖的时候把糖拿出来。我们自己喝可乐的时候，他严厉地指出："为什么大人可以喝而小孩不能喝？"坚决要求分一小杯。有时候我们还不得不拿糖跟他做交易。我们从来没有战胜糖，只是在跟它争夺着小孩的注意力。尽量少一点，尽量少吃一点。我们经常因为糖而发火，又依赖糖来取悦孩子。

有一天，我的朋友认真地问我们："你们对糖的恐惧，到底是真实的，还是一种想象的结果呢？因为很显然，有的孩子吃糖吃得更多。但他们也都好好的。糖真的那么可怕吗？还是你们太焦虑了？"我们哑口无言，说不出话来。但我们的焦虑并没有因此有所减少。

我回想起自己在怀孕后期不知道为什么非常渴望甜食，关注了很多做甜点的账号，每天点开看。我被像云朵一样的奶油迷惑，看到糖霜就内心颤抖。现在想来，已经不知道是我想要吃糖还是小孩在我肚子里时需要糖。总之，当时我们曾经一起渴求糖。

生下小孩之后，我再看那些甜品图片时已经没有什么感觉，它们对我来说已经没有任何诱惑力。我只能认为，是小孩喜欢糖，他天生就更喜欢糖。也或许，是我培养了他对糖的喜爱，因为他在我肚子里时，我沉迷于看甜品图片。也可能，我怀着他的时候，营养摄入不足，导致身体和他都需要糖分。总之，我觉得自己难辞其咎。

糖，是孩子成长过程中的一种隐喻，是无法戒断的日常问题，像是脂肪，像是膨化食品，像是含有各种添加剂的零食……也像是电子产品。看视频对孩子的眼睛不好，也使他们思维懒惰，但你不可能在这个时代让他完全隔绝电子产品。我小时候打开电视机，没有东西看，只能坐在电视机前等动画片播放。播放一集就结束了，只能继续等待明天。这种有限锻造了我们的耐心。而现在，孩子面对的是一种无限的供应，而他们根本没有应对这种无限的能力。

比起我们曾经面对的匮乏,孩子们现在面对的是一种"过度"。匮乏需要的只是忍耐,而过度需要的是自我克制。自我克制显然比忍耐难多了。当我们对小孩提出要求的时候,没有意识到他是在一个与我们完全不一样的世界里。我们总问小孩为什么做不到?不过就是不吃一颗糖或者不看一段视频,去做点别的。为什么做不到?其实这种自制力,连我们自己也没有。我们大人几乎已经与手机长在了一起。

我在各种心情中拉扯。我希望他能更健康地成长,这一点没错,但有时,父母对孩子会产生一种过度清洁的要求。他们总是认为孩子要更加健康、完美,而自己对此负有责任。与此同时,人类,包括大人自己,实际上都是欲望的奴隶。如何在放纵与欲望之间平衡,对孩子,对大人,都是差不多的考验。甚至大人也并不会做得更好。

我总在原谅自己的时候,更加原谅小孩;在对自己苛刻的时候,也会对小孩要求更高。我曾经戒糖一阵子,但我现在也经常吃糖。仿佛是想证明,糖并不会把我毁掉,就像糖也不会把小孩毁掉。或许,电子产品也不会把小孩毁掉。

后来，小孩去了学校，他每天有了自己挑选食物和饮料的权利。小孩真正有了决定权，我们彻底无能为力了，只能晚上问他喝了几杯果汁。他会大声说："喝了三杯果汁，两杯酸奶。还吃了蛋糕。"他对此毫无愧疚、理直气壮。我们明白，如果此时斥责他，他只会学会欺骗我们，而不是去克制自己的行为。当孩子可以自己决定生活中的事情时，家长能做的只是尊重这种权利，让他自己去摸索。所以我们就只能苦笑着说："那明天能不能少喝一点果汁呢？"有时他真的可以做到，第二天只喝了半杯果汁。他可能真的在学习自我控制，也可能只是随心所欲。

禁止从来不能解决问题。我在小孩身上明白了这一点。禁止本身就是一种诱惑。而父母的禁止本来就是有限的，在父母看不见的地方，一切该发生的或许总会发生。父母的禁止如果替代了孩子的意志，那么孩子的意志可能就得不到发展。孩子要不断地在"做决定—做错决定—继续做决定"中展开自己的人生。

糖或许只是他人生中最小的一个问题，而他终究会在这个小问题上逐渐学会如何面对更大的问题。每次想到这一点，我既觉得茫然又感到有信心。

当女性主义者生了一个男孩

怀孕的时候我很迷惘,没有对孩子产生任何憧憬,包括孩子的模样和性别。很多人在怀孕时都会想象自己会生一个什么样的孩子,性别、长相……而我怀孕时满脑子只有自己。我妈妈对此更为关心,她偷偷找了村里有名的算命师傅,算出来我会生一个女儿。这位算命师傅刚因为被诈骗损失了一大笔钱,可信度很低。果然他又算错了。最终我生了一个男孩,我根本没所谓。小孩对我来说没有什么不同,都将毁掉我的生活,我当时正处在这样的情绪中。

我朋友则一直想要一个女孩,她想感受与女儿相处的感觉,她喜欢自己的妈妈,喜欢母女这样的关系,所以也喜欢女儿,但她也生了一个男孩。生活并不总是如人所愿的。

我和朋友都在生了孩子后,变成了关心女性主义的女人,变成了周围人眼中思想激进的女人。女性主义者如果生了一个女儿,就可以将关于女性的一切倾囊相授,告诉她自己小时候从未知晓的一切:女性是怎样的性别,将会遇到什么样的境况。教她拒绝,教她勇敢,教她追寻自我,教她面对世界。也可以以身作则,教她成为怎样的女性。

当女性主义者生了一个男孩呢?这个问题似乎把我和朋友都难住了。我们爱自己的孩子。我们不可能不爱自己的孩子。有人甚至产生了疑问:"我该对自己的男孩差一点吗?以便平衡性别的不公?"但一个孩子怎么能被当作一个性别符号去对待?我的另一个阅读过大量女性主义书籍的朋友说:"不,我不会刻意让他产生被剥夺的感觉。"她的意思是,她不会因为性别而去区别对待自己的孩子。

我自己是与男孩们一起长大的,附近一片只有我一个女孩。或许是因为当时正是如火如荼地宣传"生男生女都一样"的时候,或许是因为我的父母太忙,无暇他顾,也或许是因为我的父母不希望过分强调这一点,以免我在群体中感到不舒服……当然我知道自己是女孩,但我没有感觉到我与其他男孩的区别,父母从不跟我说"你是女孩,所以应该如何如何……",他们没有对我进行性别教育,我与男孩们一起玩,像男孩一样长大。

我的性别观念,是长大后逐渐被社会教导的。性别在我身上呈现出非常复杂的一面,也使我与自己的性别经历了长时间的磨合。因此,我从自己的经历知晓,性别虽然是天生的,但性别文化很多时候是后天经历产生的结果。

因为我没有被强烈地按照刻板性别抚养过,所以我根本不知道该如何按照性别抚养孩子,或者说,我甚至根本不知道也没想象过该如何抚养孩子。我是一个没有想象过该如何当妈妈的女人,本质上我对母子关系或母女关系都没有想象。我伴侣的社会性别感也很弱,他对主流男性热爱的话题(政治、体育、国际大事……)毫无兴趣,对这些感兴趣的反而是我。他喜欢美,喜欢服饰、设计与艺术。在我们家,喷香水的是他而不是我。他给小孩留长发,自己也开始留长发,我是我们家三个人中头发最短的。但我们并没有故意模糊小孩的性别,小孩清楚地知道自己是男孩,他只是懒得解释,对此也不在乎。

看到留着长发的小孩,我妈妈说:"你看!算命师傅没有说错!"她认为我的小孩有一个女孩的灵魂,看上去是个男孩,但他并不是一个真正的男孩。我妈妈每天催促我给他理发,"赶紧把头发剪短"。她还觉得他不够"勇敢",因为她怂恿他往高处爬或者从高处跳下来的时候,他总是拒绝。她觉得他也不够有"男子汉气质",总是对他说:"你要当个小男子汉啊。"而我总是批评她的说法。

不仅是我的妈妈这样认为,我和小孩一起出去玩的时候,发现也很少有人能认出他是男孩,他们总是喊他"姐姐"或者"妹妹"。这是为什么?仅仅是因为他留长发吗?然而,即使他剪了短发,别人还是认为他是女孩。也可能是因为整体上他缺乏一种男孩的气质。但"男孩的气质"究竟是什么意思?

我的小孩很安静,不喜欢与其他人发生冲突,总是自己玩耍。他在一群孩子中并不试图去做那个控制局面的人。他穿得很漂亮,因为他的爸爸很喜欢给他买好看的衣服。我会对他说:"你很漂亮。"也会说:"你很帅。"也会说:"你很温柔。"也会说:"你好勇敢。"也会说:"不一定要勇敢,谨慎也很好。"有时,他会主动问我:"我今天漂亮吗?"他喜欢奥特曼和怪兽,也很喜欢"过家家",他总是和好朋友(也是男孩)一起建造一个家,然后扮演吃饭、洗澡、起床、上班,并照顾一只考拉宝宝。

如果大人没有过多强调性别,男孩们其实与想象中的会有所不同。比如,我的小孩最喜欢红色,他还喜欢所有亮闪闪的东西,喜欢花朵。他非常喜欢拥抱、亲脸颊这些身体接触。他笑起来软软的、甜甜的。我很高兴自己养了一个不那么"男孩"的男孩。

作为一个生了男孩的女性主义者,我认为自己在努力实践自己认可的理念。我在日常生活中,在他面前阻止所有大人对他的"不合理性别发言",比如我妈说:"男孩子怎么这么胆小!"我就会说:"男孩也可以感到害怕,害怕是人的本能。小孩会害怕,说明他很谨慎。这有什么不好?"我伸出双手,想要在可见的传统性别环境中为他建立新的氛围。

但在大人看不见的地方呢?在厦门上幼儿园时,有一次,他从幼儿园回来之后说道:"我们男生队现在不跟女生队玩。"我大吃一惊。原来是他新交的朋友里,有一个正处于对性别非常敏感的时期,这个孩子喜欢区分男孩与女孩,玩游戏总是强调"男生队"

和"女生队",会说"粉色很恶心",并且抗拒任何"女孩的游戏与玩具"。我很担心我的小孩会被影响,不得不每天向他重复:"男孩女孩只是身体构造的区别。""男孩也可以喜欢粉色。""男孩女孩可以玩一样的游戏""男孩和女孩可以是最好的朋友"……在这种状况中,我感受到了一种挫折。

后来我们离开厦门,离开那个环境之后,我的小孩又变成一个对性别没有感受的孩子,喜欢和女孩玩在一起,喜欢粉色,再也不提"男生队和女生队"的事情了。但我很难不为此感到焦虑,小孩在家庭中可以不被性别影响,那他在同伴之间呢?进入学校呢?进入社会呢?

我有时能感觉到社会在跟我争夺小孩,因为社会对孩子的性别塑造自有一套标准。

当我把目光看向身边的环境时,就能更清楚地观察到"性别"是在如何起作用的。在这之前,我没有这样仔细观察过,原来孩子们是这样成长的:很多女孩都迷恋公主裙,到了一定年龄,她们有时会穿着一模一样的裙子出现。有段时间"安娜与艾莎"占据了很多小女孩的心,到处都能看到她们穿着"安娜裙"

或者"艾莎裙"。男孩们很多都迷恋奥特曼和怪兽，他们一起玩的时候，会因为到底是玩"公主游戏"还是"奥特曼游戏"而分道扬镳。

但，到底是因为孩子天生如此，还是因为被告知"应该如此"？是男孩与女孩大脑和情感发育的阶段不同，导致他们喜欢不一样的玩具，还是被塑造了喜好？到底是"先天"还是"后天"？还是说"先天发展规律"与"后天社会规训"交织着起到了共同作用？

我看到，女孩们总被带去观看和聆听"公主的故事"，父母很自然地给她们挑选可爱的衣服并且赞美她们美丽。他们还赞美女孩的退让、忍耐和宽容，赞美她们善解人意。虽然现在越来越多的父母鼓励女孩去锻炼身体，参加更激烈的活动，鼓励她们冒险、战斗，但好像父母在内心最深处的某种渴望从未消失，那就是，希望女孩做得更好，更完美。

我发现，随着时代的进步，女孩和男孩被区别看待已经不在于不同的美德要求，不在于女孩温和、男孩勇敢这些传统刻板印象。最根本的区别是，女孩总被期待拥有更多美德。她们不被鼓励展示不美好的一面。大人总是对女孩的要求更高。

更隐蔽的情况是，女孩受到的"比较"更多。她们总在被"比较",渐渐地也把这一点内化了,这让她们长大后更容易感到压抑和焦虑。观察女孩们周围的环境,让我看到自己很多问题与情绪的由来。

女孩们还总是被期待与父母有着更亲密的关系,她们总是被期待"能更好沟通、有更多交流、有更多情感回馈"。而父母对男孩则没有这种期待,有时并不喜欢情感丰富的男孩,还会嘲笑男孩的敏感。他们赞美男孩的粗糙、不在乎甚至迟钝,还笑着打趣男孩的愚蠢和傻气。

女孩与男孩有时会形成鲜明的对比。比如同一个场景里,男孩们总是非常混乱,而女孩们则很安静,很有秩序。有时候女孩们在认真看书,男孩们则在旁边游荡。这当然是真实而客观的场景。但问题是,父母们有没有允许女孩们那么做呢?有没有允许她们尽情玩耍,有没有允许她们展现不符合期待的混乱?

女孩们似乎较早地发展了情感表达和语言沟通的能力,所以这种能力被轻松地认为是"应该的"。好像她们就"应该"更能理解父母的语言、实施父母的指令。那些不够体贴,或者情感发育进度稍微落后的女孩,很容易受到指责。有些父母对情绪控制不佳的女孩更加缺乏耐心。

女孩们确实可能更敏锐,但如果这种敏锐只是让她们更加清楚地意识到了父母和周围人的需求并给予回应,因而更加容易被要求,那么岂不只是增加了不公平?很多父母会说:"女儿更体贴。""情感交流"是一个平等的词语,而希望孩子"体贴"则包含着一种权力上位者对下位者的要求。这对任何孩子来说都是不合理的。

我也对男孩有新的观察。社会一边纵容男孩,一边又对他们有着不一样但同样坚固的规训,而这种规训起效也相当迅速,所以无论是男孩还是女孩,大部分在小学的时候就呈现出"刻板的性别模样"。

很多家庭从小就抑制男孩的情感,不承认男孩的恐惧、悲伤、胆怯或者嫉妒。他们不断对男孩重复"你要像个男子汉"。"有毒的男性气质"很小就被灌输进孩子的言行之中。男孩们发现自己要迎合打斗的场景,不能退让;要展现自己的勇气、大度和领导力;要勇于挑战;不能有太多情绪,也不可以流露过多的情感;要跟男孩玩在一起(如果他总是跟女孩玩,就可能被嘲笑)。他们甚至不可以太细致、太细腻,或者太爱干净。如果一个女孩去玩泥土,可能会被认为太过头了。但如果一个男孩不去玩泥土,则会被认为太小心了。如果一个女孩哭,他们会希望她能够自己停止(女孩的自我管理),如果一个男孩哭,他们会想立刻制止他(男孩不可以哭)。

有些父母会要求男孩"有担当"。但为什么很少要求女孩"有担当",或者说提到女孩时很少立刻想到这个词语,却经常将它用在男孩身上。这个词假设了一种需要男孩挺身而出的场景,在这个场景中,他被强调出来。他被核心化、主角化。他不是在被要求,而是在被这个词语赋权。这个词语从小伴随着男孩,给他一种强烈的心理暗示,好像有更重要的事情等着他去做。但生活中很多麻烦的小事,父母却不会要求男孩去做。男孩的成长恰恰就是被太多空洞宏大的词语所围绕,却缺乏具体生活的能力。

男孩们也更早地感知到"权力",因为周围的人不断对他强调"权力"。在父亲掌权的家庭中,男孩们虽然主要由妈妈抚养,却对谁真正拥有权力心知肚明。传统家庭中的妈妈可以决定小事,却无法决定大事,总在让步、妥协,最终陷于沉默,爸爸则是不可置疑的权威。男孩可能会憎恨又崇拜父亲,亲近又厌弃母亲。

被传统性别观念影响的妈妈们,很容易陷入一种情感陷阱:经常将女儿视为"以后的闺密",将儿子视为"理想的男人"去培养。妈妈们希望与女儿们建立一种深刻的情感关系,她们喜欢女儿对自己的依赖,有时她们甚至希望女儿来倾听和理解自己的心事和烦恼。她们期待儿子可以"照顾"和"保护"自己,至少是拿出这种姿态。她们这样期待孩子的时候,完全忘记了他们只是孩子,女儿本不必承担妈妈的情感需求,儿子也无须提供一种"男性保护的幻觉"。

孩子就只是孩子而已。但父母要去单纯地面对"孩子"本身这件事太难了,因为父母也总是被社会性别围绕着。

我当然想养育一个不一样的男孩,但具体怎么不一样我不太清楚。我很少对他说"男孩""女孩",也不对他说"男孩应该怎么样"或者"女孩应该怎么样"。我鼓励他展示自己的情绪,他可以一直哭,如果他想哭。他可以在任何时候得到拥抱,只要他需要。"你的愿望不会总是得到满足,但拥抱永远都可以有,随时都可以,拥抱是无限次的。"我希望他是一个温柔、有共情能力的人,希望他能够更好地感知世界,拥有更高质量的情感体验。

我把他仅仅当作人类看待。这样正确吗?在他年幼时,一切尚且有效。等他再长大一点,我要如何教他看待自己的性别?我心里没底。我希望自己的小孩能逃离传统性别体系,逃离"有毒的男子汉气质",因为我觉得那对男孩也是一种伤害。传统的性别划分让男孩也得不到良好的发展,让他们成为权威的受害者,让他们麻木、情感空洞、迷恋权力,无法快乐、幸福,无法真正爱上别人,并且把所有关系理解为权力关系。

我看到过太多那样的男孩,他们害怕父亲,又模仿父亲。父亲大部分时间不在,在的时候则伴随很多的呵斥与规训,这让他们厌恶又害怕。与此同时,男孩也被清楚地告知,他今后也会变成父亲那样的男人,因此他要学习父亲的语气、动作和行事方式。我有时会看到几乎一样的父子,少年的脸上有中年的表情。

性别文化不仅是被告知、被教育的,更是在日常生活中潜移默化形成的。我也在家庭中努力改善着性别结构。我是赚钱更多的一方,而伴侣是做家务更多的一方。小孩因此将对女性和男性的分工有不一样的认识。爸爸没有权威感,小孩不觉得自己需要崇拜父亲,反而有着平等的心情,视之为一个玩伴,他认为爸爸只有 8 岁。

我的另一个朋友,她与妈妈一起抚养自己的儿子。她的儿子完全生活在一个女性家庭里,他觉得身边的爸爸们普遍太凶。他拥有远超同龄人的情感能力,知道当下正在发生什么,能判断其中每个人的情绪,对暴力和权力的发生也更为敏感。

我们重新思考"爸爸"这个角色在家庭中的位置,我们削减他的作用,减少他存在的重要性,最重要的是削减他的权威。我们希望男孩们不要以传统的"爸爸"形象作为模仿的榜样,而是更多学习妈妈身上的优点。

有一次我的朋友去体育馆,遇到一个非常棒的男孩,他很有礼貌,非常耐心,同时也很有竞争精神,很有韧性。当时他的爸爸陪在身边,旁边的人纷纷赞扬说:"果然有个好爸爸,就会培养出好男孩。"人们普遍还是将爸爸视为男孩的榜样,并且认为爸爸的养育是非常重要而且有效的。第二天,我的朋友再去的时候,遇到了男孩的妈妈,才知道绝大部分时候都是妈妈陪着孩子来体育馆练习,而不是爸爸。爸爸只是偶尔陪伴孩子，平时忙于工作。我的朋友和那位妈妈相处交谈之后对我说："人们完全搞错了。这个男孩很棒的原因是他有一个非常好的妈妈。"

或许，就连妈妈们自己也忽略了。我们不仅仅是作为男孩的照护者而存在。妈妈们很容易把男孩的灵魂拱手交给社会、交给男性，认为自己不过是一个暂时的养育者，只是一个过渡，男孩终究还是要回到男性世界去。但不一定是这样的，我们也可以作为男孩的榜样而存在，或者说作为他的精神来源而存在。他们也可以成长为"像妈妈一样的男孩"。

与"父亲"战斗

在生孩子之前,我看到的都是男人的某一面,我曾经喜欢他们展现自己的博学、智慧和幽默。那时,男人对我来说是"异性"。等我生了孩子之后,再看男人,如果他有孩子,在我眼里他就变成了"爸爸",如果没有孩子,我也会想象他变成爸爸会是什么样子。当我以看"爸爸"的目光看他们时,便有了新的角度:一个看上去还不错的"男人",不一定是个"好爸爸";因为不是"好爸爸",对我来说也不再是"不错的异性"。我后来总是想,如果我们女人很早就能看到男人在家庭育儿中的那一面,还能不能爱他们,还能不能想象与他们一起生活?

很多人以为,女人生下孩子,就自然成了"妈妈"。当然不是。女人需要艰苦地练习和适应,才能"成为妈妈"。但很多男人，几乎是随着孩子的出生，就立刻成了"模板一样的父亲"。隐藏在他们身上不被看见的一个开关忽然启动了，本来他们或许是活泼的、叛逆的、无知的……但忽然，他们就变成了"父亲"。他们会变得严肃、对规矩特别在乎，并且重任在肩的样子。他们可以轻松熟练地对孩子发出指令、制定规则，摇身一变成为"权威的化身"而不需要任何练习。

我多次在路上遇到想要帮我管教小孩的陌生男人。有一次我和小孩走在路上，他因为一些事情不开心而哭起来。一个路过的男人忽然拉着脸厉声说："男孩子哭什么哭！不要哭了！再哭我把你带走！"他把小孩彻底吓坏了，我不得不一边安抚小孩，一边质问他为什么要这样。他随即又笑着说："我只是想帮你的忙。让他不要哭了。"男人非常害怕、讨厌孩子哭泣，尤其是厌恶男孩哭泣。

还有一次，我们在草地上玩，一个陌生男人走过来忽然对我的小孩说："男孩就要有男孩的样子！"还有一次，我和小孩正在争论事情，一个陌生男人莫名其妙走过来对小孩说："要听妈妈的话！"还有一个陌生男人曾对小孩说："你的头发太长了。"

男人，即使面前的孩子与他无关，他也想管一管。

如果那是一个男孩,他们就更加觉得自己有义务管教。男人会把男孩视为男性集体的一员,而对男孩身边的妈妈毫不尊重。我一开始真的对此迷惑不解,但后来接触到更多的爸爸,我才发现那并非偶然。男人天然觉得自己可以教导别人,成为爸爸之后,一切就更加顺理成章,他们就好像穿上了统一的衣服,成了"套子里的人"。

很多妈妈从来没有想过,生了孩子之后,她最大的敌人不是别人,而是自己的伴侣。结婚的时候,女性考虑感情、经济、工作能力……却唯独难以判断也难以想象这个男人当了爸爸之后的样子。更重要的是,在女性主义思想广泛传播之前,我们从未以女性主义的目光去看待男人,看待我们与男人之间的关系。我们对自己的感情生活缺乏一种极其重要的视角。

等我们生了孩子,孩子就像某种凝聚物,也像最清晰的镜子,最深的凝视。孩子让女性无处可逃,只要我们愿意仔细去看,就能看到性别结构导致的"母爱"与"父爱"的差别。《爱的艺术》里认为,"母亲的爱是无条件之爱,父亲的爱是有条件之爱",对此我并不是完全同意。我认为"母爱"与"父爱"都是被建构出来的词语。似乎,"母爱"是天然之爱,"父爱"

则是权力之爱，结构之爱。或者说，这两者大部分时候都跟"爱"的关系不大——"母爱"是对母亲的要求，"父爱"是对父亲的赋权。一个男人无论在社会上位置如何，当他在家庭中成为"父亲"之后，仿佛就自动获得了权力，开始情不自禁地展现。

与普遍的印象不同，在家庭里，"父亲"其实是提出更多"禁止"的人。在传说中，总是妈妈对孩子管束太多，而爸爸则更加宽容，更加没所谓。但实际生活中，或许妈妈在生活细节上更加注意，爸爸却总在说"NO"。爸爸的"NO"很多时候并非从生活实用的角度提出的，而是一种规则的制定："不可以哭。不可以打闹。不可以撒娇。不可以顶嘴。不可以反问……"它们与妈妈嘴里的"不可以吃太多糖，不可以太晚睡觉"等完全不是一回事。父亲的"禁止"是随时随地对自己权力的实践。

大众将妈妈塑造成一个"管太多、很烦、很啰唆"的形象，而爸爸笑着站在一边，显得非常放松。塑造这个图景的人没有意识到，那是因为妈妈在事无巨细地管理生活，所以她们必须关注、提醒各种生活细节与琐事。这是劳动，也是服务。而爸爸们的"NO"

则经常是一种权力的施展，一种接近统治与管理的形态。很多爸爸会忽然莫名其妙地对孩子提出"不可以"，这其中有很多随心所欲而且没有必要的成分，仿佛只是为了随时验证自己在家庭中的位置。

很多人也看不到爸爸给孩子的隐形压力，一种超越具体生活的压力。妈妈让孩子吃饭，这是一种细节上的压力。而爸爸却可能忽然拍案而起，要求孩子一定要服从妈妈的要求。这是两个层次的压力，是两种不同的要求，即使似乎是指向同一件事，但孩子能发现其中的区别：一种是生活的要求，一种是权力的规则。

很多父亲相信强权的力量与必要性。无论他们在社会上是否拥有权力，他们都想在家庭内部实施自己的权力。父亲不在乎对错，而在乎服从。无论经济状况如何，工作能力如何，教育程度如何，他都一定要孩子服从，否则他就会勃然大怒。以父之名，一切都是合理的。甚至是以父爱之名。

在家庭内部与"父亲"战斗的妈妈，要日复一日消除"父亲"带来的压力。她们清楚地知道，孩子的自由取决于孩子父亲对权力的让渡。当然，也有很好的爸爸，他们能看清自己作为孩子时受到的错误对待，避免将它传递下去。但更多的是将权力全部施展于家中的爸爸。而在他们与孩子之间,是妈妈日复一日的情绪劳动。最后,他们却会说妈妈"把小孩宠坏了"。

我在生了小孩之后,与那么多妈妈们相处下来,才知道很多的俗语到底是什么意思,以及其中究竟包含着什么。在这之前,我也总是喜欢重复那些被说烂了的语句,比如,当一个孩子变得糟糕时,我会说:"都怪他妈妈把他宠坏了,她太溺爱孩子了。"人们轻而易举地说出来,并且真的相信是这样,不去仔细看家庭中发生了什么。但"溺爱"到底是什么意思?

现在,我看到的往往是妈妈不得不对孩子付出爱,因为这件事没有其他人去做。越糟糕的家庭内部,爱越稀缺,有时妈妈要用更多的爱去弥补。有时甚至都没有那么严重,只是妈妈不赞成传统的养育方式,想更加温柔地对待孩子,让孩子不那么快地被所谓的"规矩"控制,或者说是想给孩子一点自我的空间。

有时候,"溺爱"仅仅意味着妈妈想和孩子进行更多的情感交流,意味着妈妈真的在乎孩子的情绪。但人们轻易就用"溺爱"两个字打发了,同时给予了父亲态度强硬的正当性。

无论如何,亲密都不会让孩子变得软弱,而是让他们变得更坚强。但没有得到过这种情感支持的父亲们，不相信情感的力量。

"父亲"信奉权力的必要、挫折的必要，他们很喜欢把孩子搞哭（证明权力的有效），又禁止孩子大哭或者一直哭（不喜欢目睹孩子释放情绪）。最终，安抚孩子情绪的扫尾工作又得妈妈来做。当妈妈在处理孩子的情绪问题时，爸爸们却总是说她们"溺爱"孩子。"溺爱"两个字轻而易举地消解了妈妈们抚养和教育孩子的劳动。

那些成长状况糟糕的孩子，如果仔细看他们的生活环境，一定不是妈妈的爱与包容造成了问题，而是别的原因。但人们把所有的错都推给妈妈。有时妈妈之所以不断对孩子退让，或许是因为孩子承受着其他更大的压力。

妈妈们面对的是一种古老的陷阱，要她们承担大部分劳动的同时，又不对她们的劳动做出肯定、赋予意义，而是一边要她们劳动一边贬低她们的劳动，认为她们的劳动"琐碎""无足轻重""只是一些辅助工作"。虽然育儿的主力是妈妈，社会上却总说爸爸对孩子更重要，意义更大。一个孩子成功了，人们就会请他的父亲传授教育经验，即使这位父亲并没有承担职责,也会立刻侃侃而谈;如果一个成功者是由妈妈独自养大,那么大众仍会讨论到底谁是她的父亲。

有一天我和亲戚吃饭的时候,在场的一位父亲得意地说:"孩子如果不吃点苦,青春期就会没有承受压力的能力。我女儿小时候摔跤了,她妈妈总想去扶她,我是从来不扶的。"他的女儿很优秀,目前正在美国著名大学读硕士。他说这句话时承接着刚刚大家对他女儿的称赞,仿佛是在说明他女儿优秀的原因,是他从小对女儿冷漠又严厉。我把视线投向他旁边的妻子、孩子的妈妈,她那么温柔、坚定,谈起女儿时充满了爱。我当时就想:"这位妈妈是用多大的力量,才在这样的家庭里抚养出优秀的女儿,给她支持,给她力量,让她远走。而其他人却无法了解这种困难,还会认为这是父亲的功劳。"

妈妈们如果希望减少"父亲权威"对孩子的影响,就不得不承担更多。想让孩子获得充分的"父爱",又想减少"父权"的压力,妈妈们为此而努力。有长大的孩子这么说:"在我爸不停给我筑墙,对我进行压迫控制的状态中,幸好有妈妈帮我打洞、松绑、释放。"而妈妈这部分的"战斗",几乎无人看见。

家庭内部不仅有"父亲",还有跟"父亲"站在一起的长辈：爷爷奶奶、外公外婆，很可能都是旧思维的拥护者，甚至比爸爸还要保守、偏执。妈妈几乎需要与所有人战斗，来贯彻自己的想法。

在我的大家庭中，"父亲"的压力已经尽量被去除了。我的爸爸本来就缺乏权威感，他心甘情愿地退出了家庭中话语权的争夺，转而关心空洞的国际大事。有趣的是，即使我妈妈心知肚明自己才是家庭中的"话事人"，却在某些关键时刻还企图搬出我爸爸来说服我，好像需要想象某种权力来为自己背书。那种想象的权力是什么呢？

而我伴侣的父亲则是一个典型的"父亲"，曾经"统治"着自己的妻子和孩子。但他的权威因为儿子长大之后的不服从（总是与他吵架）以及我的漠视，渐渐被消弭了。当他跟我说话的时候，我就装作听不懂、听不见。他想跟我讲道理的时候，我就对他说："请你去跟他（指我的伴侣）说。"长此以往，他在家庭中的形象变得稀薄了，人也和蔼起来。

"父亲的爱"和"父爱"有什么区别？"父亲的爱"的呈现方式应该是多样的，它有时会像"母爱"一样，是一种自然之爱。但"父爱"则是有模板的，它关于权力的归属与传承，充斥着各种刻板印象。父亲真正的爱，不会让你感觉那是"父爱"，你只是感觉"爸爸是爱我的"。真正的爱是具体的、温柔的、包容的，是可以感受到而不是被告知的，更是没有性别的。

"父爱"是最小单元的权力实践，它很难抗拒，不容推辞，充满了诱惑，且有社会的支持。"母爱"的控制往往会导致孩子激烈的反抗和厌恶，"父爱"的控制却隐入社会文化之中，为父亲免责。没有比"成为父亲"更能轻松地体会到"绝对的权力感，且不受约束与惩罚"，而孩子要抗拒它又是多么困难。

人们经常将"爱"与"权力"混淆，拥有权力的人给予些什么都会被称为"爱"。比起妈妈来，爸爸更需要重新发明自己的爱——爱应该是自我对权力主动的消解。"父亲的爱"，是放下手中拥有的社会武器，蹲下来与孩子（弱者）平视，聆听孩子的声音，看见孩子的存在，给出自己或许从来没能得到过的东西。

而家庭外部，也有一个巨大的"父亲"。

当孩子在学校与老师（权力体系）发生冲突的时候，能够理解孩子并且站在孩子身边的多半是妈妈。

很多爸爸则觉得孩子应该"听话""服从老师""适应社会"。爸爸们觉得"适应社会"（实际上也就是适应那个巨大的"父亲"）是最重要的事。

"父亲"身上有时会出现一种残暴，对具体生命的残暴。他或许对自己的孩子很温柔，对家庭很负责，但涉及宏大问题时却残暴起来，说出毁灭性的语言。"灭绝""屠杀"，这样的词语轻松出现在他们的嘴里。或许是因为他们没有经历过女性生育生命的过程，因此对生命有一种蔑视。他们想要献身给宏大，会毫不顾忌地谈论暴力与死亡，与巨大的"父亲"在毁灭的欲望上共振。而很多妈妈即使没有受过系统的教育，也会天然地更加珍视"生命"，因为妈妈们是亲自生产、养育生命的人。父亲们想要超脱日常，妈妈却是在日复一日的日常中伟大地生活着、照护着、维系着。妈妈是和平的力量。就像上野千鹤子所说，她们的思想是"为了活下去的思想"。

妈妈们或许无法反抗发生在自己身上的不公，但她们想要去反抗发生在孩子身上的不公，从不犹豫。也可以说，正是妈妈们对孩子福祉的在意，推动着社会的进步。我们可以从世界各地的社会新闻中找到无数个这样的妈妈。很多影视作品里，女人赌上一切去战斗，也是因为"我不想让我的孩子出生在被这些浑蛋操控的糟糕世界里"。

妈妈们对自己孩子的爱，还会变成对其他孩子的爱与关心。妈妈们的反抗是为了更多孩子的生存与生活。本不必如此，但妈妈们承担了下来。

有人跟我讲述了她的孩子在一个机构里遭到虐待的事情。虽然她及时发现，并将孩子带回了家，但她牵挂着还留在机构的孩子们。她给相关部门写信，投入大量时间与精力。她的丈夫不赞同她这么做，因为"于事无补"，不会有什么结果，而且可能会给自己惹来麻烦。但她非常坚持，坚持为那些自己从未见过的孩子去战斗。这就是妈妈与所有人、与世界的战斗。

在此时，妈妈们才会感到一种彻底的孤独。这种孤独与爱没有关系，而是意识到自己在社会上的位置：在男性社会里，妈妈是孤独的存在。如果妈妈不去依附男性社会的规则，她就必须创造自己的规则；如果妈妈不能意识到这种孤独，而加入属于别人的狂欢，她们就会迷失，失去前进的方向。男性社会征召了妈妈们，但妈妈们的力量会因为爱而超出他们的预料。妈妈们总是在战斗，虽然她们也总是在输。但她们的存在本身就是战斗的一部分。

不完全的大人

那天我们和朋友一起去攀岩馆,其中一个小女孩本来没有攀岩计划,但看到小伙伴们都在爬,便提出也要攀岩。她爸爸答应了她的要求,去付了钱。她换上衣服,换了鞋子,爬了大概三米就下来了,并且坚决不肯再爬。

她的爸爸有一点生气,但没有表现出来。他事后跟大人们讨论说:"钱不是问题,她不想爬也没有关系。但是她之前就来过,明明知道自己并不想爬,还是要去爬。然后果然不爬了。这让我觉得很不好。"

大人的不愉快可以理解,他面对的是金钱、时间与期待的三重浪费,但大人对这件事的描述让我感到,原来大人不认为孩子是孩子,大人想要的是一个"理性的儿童"。这种感觉萦绕在我育儿的所有过程中,我经常会想到:"啊,大人们,想要的是一个幼小但成熟,甚至比自己更理性的孩子。"

大人将自己想象中的美德全部灌输到孩子身上,那种灌输简直不管不顾。当大人对孩子提出要求的时候,我经常会问:"那你能做到吗?"有些家长希望孩子"抗压能力强一点""别不把别人的话当回事,但也别太把别人的话当回事"……听到这里我已经在想:"很多大人自己在职场也做不到的事情,却希望孩子能够做到。"

大人希望孩子比自己果断,还比自己包容;比自己坚强,又比自己温柔;比自己自律,还比自己理智。孩子要能理解大人的语言,执行大人的指令,还要做出正确的判断,最好还能超出期待。我有时候感觉,孩子是大人理想中的自我。

还有很多大人喜欢用大人的情感、逻辑与词语去形容孩子。比如,他们会说一个孩子"很精明""欺软怕硬"。因为孩子知道家庭中谁会响应自己的需求,关心自己的情绪,所以就会更多地找谁来解决问题。这样简单的本能,被大人套用了成人社会的评价体系,就变得非常负面。

大人还会把孩子发泄情绪问题的动作视为对自己

的攻击，并且产生恼怒和挫败的感觉。孩子情绪崩溃了，可能会对大人做出身体上的动手行为，大人会轻易将之称为"打人"。"小孩不可以打人！打人是不对的！"大人用这样理直气壮的语言呵斥孩子，却没有意识到，从体力和情感来说，孩子的行为与成人世界里的"暴力"完全是两回事，是大人刻意混淆了这一点。大人此时需要的是去安抚孩子的情绪，帮助孩子识别自己的情绪，但大人只是不断重复："你这样是不对的。"

大人无法理解"玩耍"，总把"体育运动"与"玩耍"混淆，觉得孩子进行体育运动就可以了，为什么还需要玩耍？如果孩子想玩，他们就带孩子去运动（踢球、跆拳道、滑板……）。然而"体育运动"是孩子去遵守大人的秩序，"玩耍"则是孩子在建立自己的秩序。在自己的秩序中尽情探索、创造，是玩耍的意义。体育运动当然重要，但那跟玩耍并非同一回事。

大人希望孩子能遵守规则，他们时刻向孩子灌输规则，并且要求孩子"说话算数"，但大人自己经常食言。规则能运行的基础是什么？是惩罚孩子吗？我养了小孩之后才知道，规则的根基是信任。就是说，孩子信任父母、信任自己的生活，才会自然地接受围绕他的规则。但是大人值得孩子信任吗？无法实践诺言的大人比孩子多很多。

在当下，可以深刻地感觉到能做个"孩子"的时间越来越短了。社会厌恶不懂事、无法保持安静的孩子。家长也不喜欢孩子多动、跑跳、不稳定，更讨厌他们情绪崩溃。什么都要提前学，幼儿园开始学小学的内容，小学开始学初中的内容。玩耍首先被剔除出去。然而每个孩子的成长速度本来就是不一样的。

整个社会似乎都把孩子视为"大人的预备役"。一个小男孩牵了小女孩的手，只是孩子们之间小小的友谊，旁边的大人就开始又笑又闹，开他们的玩笑，把他们放到异性恋的框架里去看待与描述。在孩子还不知道什么是大学的时候，对他们说以后要上什么大学。在他们还不知道什么是工作的时候，就讨论他们以后要做什么工作。在孩子还不理解什么是金钱的时候，就在孩子耳边念叨："你以后要对爷爷奶奶、外公外婆、爸爸妈妈好啊，要赚钱给他们花。"总之，从社会到家庭到父母，都迫不及待地要把孩子急速拖入成人社会的生活逻辑之中，不允许他们产生、培养自己的生活逻辑。

孩子是什么？童年是什么？这些是非常有意义的话题。可惜在童年消失的这个时代里，大人们自顾不暇，更难去包容一个"童年的孩子"。

我养了小孩之后才知道孩子是什么样子的。在那之前，我也难免认为"孩子是不完全的大人"。但后来我才知道，"孩子仅仅是孩子"。

孩子们连最基本的词语都无法理解。一个孩子，刚开始甚至并不能理解"明天"是什么意思，他们会以为明天就是立刻，就是下一秒。如果对他们说"明天可以出去玩，现在请好好睡觉吧"，他们会立刻兴奋起来，而不是开始期待所谓的"明天"。或者说他们根本听不懂任何关于时间的词语，他们只有当下、立刻、马上。

与此同时，他们的时间又流淌得非常缓慢。孩子们不明白"时间限制"是什么意思。时间无法被限制，也无法诱惑孩子。即使你对他们说："如果你现在迅速收好东西出门，就能和朋友多玩一会儿。"他们也不为所动，虽然他们确实想和朋友多玩一会儿，但他们不跟未来进行置换，他们慢悠悠地收拾东西，同时也坚信可以和朋友玩很久。为什么要迅速地出门？为什么不能拖拉？为什么要在规定的时间里做完一件事？

这些他们都不明白,需要慢慢去理解。时间对他们来说,像是根本不存在的东西,是任他们的想象摆弄的东西。孩子没有被时间控制,但时间控制了大人,大人又控制了孩子。

孩子也不知道金钱是什么。他们只有即刻的欲望需要满足。他们也无法理解什么是划算或者不划算,以及不要重复购买东西。他们可能买了东西之后只玩一分钟。

有一次我们带小孩去钓虾馆钓虾,68元一个小时。我们钓了五分钟就钓上来两只虾。小孩说:"好了,我们可以走了。我只想要两只虾。"他目标明确,也从不贪婪。

孩子对美有着自己的理解。我们第一次带小孩去看大海是在釜山,站在一座小山上看蔚蓝的大海,美得炫目。我们拼命向小孩推销:"快看啊,大海!"小孩丝毫不感兴趣。我们还带他去山里,层峦叠嶂的风景,小孩也视若无睹。他有自己感兴趣的事物,对大人的美学并无感受。有段时间他喜欢收集没用的东西,比如各种颜色的包装纸,把所有"垃圾"带回家。

我的小孩喜欢昆虫,他觉得每一种昆虫都很美。他不一定知道美是什么意思,但他用美来形容它们。

他沉浸在昆虫的世界里不可自拔。但孩子们也很残酷,他们还不懂得生命与死亡。同情心是人类需要发展的能力,而不是天生的美德。我的小孩认为昆虫是自己的朋友,甚至是自己的孩子,却也不会为它们的死亡感到悲伤。

孩子的"暴力"也与大人理解的不同。孩子互相的打斗中有时并不存在"恶意",也就是说,并非真正的暴力。我认为那是一种对肢体动作和界限的试探与研究。或许孩子们要不断进行这种尝试,才能明白"真正的暴力"是什么。暴力是粗暴的、带着恶意的伤害,是对身体界限的极限破坏。但如果不让孩子知道身体界限在哪里,他如何明白暴力是什么?有一度,我曾经鼓励小孩跟他的朋友在草坪上尝试扭打在一起,去体验那种身体的感受。

孩子对人际关系的认识也自然而然,或者说非常冷静。我的小孩跟另一个孩子一起玩了几天,告别的时候,那个孩子问他:"你会想念我吗?"他回答说:"我还会有新的朋友。"如此直接、真实。当爷爷奶奶问他想不想他们的时候,他从来都是诚实地说:"没有想。"孩子当然不会"想念"远方的大人,大人却想得到虚幻的安慰。

有一次小孩和爸爸一起回老家待了三天，我没有同行。大人们不断问他："你有没有想妈妈？"他都回答："没有。"确实，他沉浸于玩耍，根本无暇他顾。也或许他不知道有时掠过心头的感受名为"想念"。他一直说"没有想"，而大人们孜孜不倦地问。大人们总是忍不住想去探究孩子和妈妈的关系。

等我们见面时，他急切而欢快地奔向我，滔滔不绝地对我讲他这几天玩了什么。我想，这或许就是一种想念，但它不适合被大人定义。

大人们想要用自己的方式命名孩子的情感。他们想用自己的概念去认知孩子的感受。但大人们忘记了，人类情感之复杂，本来就不能轻易归类。而孩子比大人更懂得这一点。他们认为大人的判断并不正确。

与此同时，孩子的感情又是如此清澈和深刻。

有一次，小孩对我说："××跟我玩的时候喜欢赢，所以我和他玩游戏，每次都会让他赢。"

我："哦？那你不会感到委屈吗？"

小孩："不会。因为我很喜欢他。"

我："你喜欢他，那有时候他不愿意跟你玩，你会伤心吗？"

小孩："不会啊。不可能一个人喜欢另一个人，他不跟他玩,他就要伤心啊。"

小孩对于喜欢的人毫无保留,也没有丧失感,他的付出没有负面的意味,而是全然的喜悦。这是大人无法达到的境界。

还有一次,小孩对我说出了激烈的语言,他说:"我希望妈妈立刻死掉。"很多人听到这件事后都大吃一惊:"他怎么可以这样说话?"我在和小孩相处之后,对他的语言相当放松。我不认为那是大人以为的意思。他当时非常愤怒,很绝望,有很多情绪想要宣泄,所以他说出那样的语言。我既不觉得应该责怪他,也不觉得我应该为我们的关系感到伤感,更不觉得需要教育他死亡的意义。他只是那么说了而已。等他的情绪过去了,我们拥抱在一起,一切就褪去了。如果小孩无法表达恨,他怎么表达爱?我是这样想的。孩子当然会在某一刻非常恨自己的父母,但他们也一样爱着自己的父母。关键在于他们是否可以慢慢认识到这些情感的发生。

隔了差不多两年之后,他经常问我:"人为什么会死?""人为什么不能活一万年?""人最多能活多久?"我问他最近为什么对这件事这么感兴趣,他忽然抱住我说:"因为我不想你死。"这一刻他的爱如此真实，建立在他对事情真正的理解之上。那不再是情绪的语言，而是情感的表达。

我没想到自己如此喜欢小孩身上的童稚状态，甚至有点迷恋，想再活一遍。成人社会并非一种自然的状态，而是狭隘的，缺乏想象力的。我从小孩身上看到他在混沌中对世界的幻想，那在一定程度上让我感到很自由：原来世界本来可以是另一种样子。

小孩会在朋友送了他玩具的时候，回赠一包泥土，泥土里有六只金龟子。

他能观察出周围最细节的地方。有一天在乡下老家，刚住了两天的他忽然对我说："妈妈，你发现没有？你们家池塘的水，早上是脏的，下午却是干净的。"我在这个地方住了很多年，从没注意过。我们跟着他看了一下，确实如此。因为下午的风会把水面的脏东西吹到角落，水看上去就干净了很多。而晚上或者早上的风又会把脏东西吹满水面。

他对我说："你经常露出不开心的表情。"

当我指着河里说"那里有只小乌龟"时，他一言不发，直接用手捞起小乌龟放在我面前。

睡不着的时候，他说："失眠也没什么啊，又没怎么样。如果（因为黑眼圈）变成了大熊猫，我就去动物园，靠吃竹子我也能活下去。"

他对我说："我要把你变成漂亮的独角兽。把你变成公主。把你变成蝴蝶兰。"

他想去土星上建造一个自己的家。

大人们总是迫不及待，无时无刻不在说教。他们不听孩子在说什么，也不愿意接受孩子对世界的看法，总在反驳、纠正、灌输。而且大人们通常脱口而出的都是陈词滥调，毫无启发性也没有创意，对孩子来说仿佛是空气般的废话。

如果我们放下自己对所谓现实、社会、规则的执念，真正接受儿童这一形态，欣赏这一形态，或许也会唤起我们对人类更深层次的认识，以及对我们自己童年的回忆。我们也并非一下子就变成了现在的模样。我们也曾经是孩子，拥有童年。我们曾经奔跑、跳跃、做危险的事情，撒无关紧要的谎，偷家里的硬币，拥有自己的秘密。我们爱着父母，也曾恨着父母。我们想逃离家庭，又想融入家庭。我们也曾复杂、忧伤、愚蠢、荒谬。

我们从全人类里继承了血脉。我随着理解小孩的童年再次理解了人。如果我们好好观看过童年的展开,就能更好地去爱一个人。爱全人类。

投掷深情于虚空

我总记得那一个晚上,在小孩差不多 5 岁的时候。当时我大哭大闹,情绪崩溃。跟自己的身份进行彻底的对峙。

已经很晚了,或许已经快到晚上 11 点。我们站在楼梯上,我往上走,小孩在下面哭。我最后一遍抱着破釜沉舟的念头问他:"你跟不跟我走?还是永远都不?"

小孩哭着,但很坚定地说:"我现在想跟××阿姨在一起。"

因为我和伴侣同时生病,无法照顾他,小孩跟我们的一位朋友愉快地相处两天后,我们的小孩,他不想要我们了。

愤怒和其他一些情绪席卷了我。我转身往楼上跑,想抛下一切。小孩没有动,继续在楼下哭。我上楼关上了房门,在黑暗中感觉自己要爆炸。过了一会儿,我按捺不住,又冲下楼,强行把小孩抱了上来。

到了房间里我开始无能狂怒,说着破碎的语言:"我真的后悔。""我为什么要养你?""你知道我付出了多少吗?""你知道吗!"

嫉妒、痛苦攫取了我的心。为什么?我对他不好吗?为什么他在世界上最喜欢的人不是我?为什么他晚上不肯跟我回去睡觉,而要跟别人走?

现在想来,一切都太幼稚了。事情是怎么发展到那一步的,我的怒气是如何一步步上升的,已经记不清楚了。未来会出现的问题提前出现了:孩子在世界上最重要的人,不会是我们;孩了在世界上最喜欢的人,也不可能是我们。

那一刻我大哭起来。提前的分离撕碎了我的心。

我总觉得我们作为父母已经尽力了,我们那么爱他。我们甚至早就明白,爱是让孩子离开的桥梁,控制则会让他无法离开。得不到父母爱的孩子可能会更想要待在父母身边,终生无法解脱;而被父母爱着的孩子却可能会轻松地离开。即使如此,我们还是决定爱他。我们还不控制他。我们认为自己没有强求他做不喜欢的事,除非必须(但谁来定义"必须"?)。我们为了他花了那么多时间、金钱,为他搬家,还要怎么样?

我甚至想:"如果我做一个吝啬的妈妈,让他不断渴求我的爱,是不是反而能让他无法离开我?"我一直认为自己想要养育一个自由的孩子,让他能自然地离开,独立成长,最终拥有自己的世界。但他表达出想要离开我们、离开我们更开心的想法时,我感受到的竟然只有背叛。

在最新一轮关于"爱"的考验中,我显然输了。

在那之前,我是不是把亲子关系看得太理所应当了?我们是孩子的父母,就理应拥有他,他就天然属于我们?有一天我想到:"实际上小孩只能去我们想去的地方,碰到我们想让他碰到的人。"看上去是他自己选择了朋友,实际上他只认识那些孩子,如果他遇到一个我们不喜欢的孩子,我们就不会再让他们见面,直到他渐渐遗忘。我们总说自己尽力在尊重他,但实际上手握着连自己都意识不到的权力。

父母知道那是自己的孩子,所以要照顾他,要养育他。但孩子不懂血缘,他明白自己跟这两个大人的关系吗?他只知道自己跟这两个大人生活在一起,而这两个大人带给他的不过是无尽的约束和麻烦：他不想吃饭的时候要求他吃饭，他不想睡觉的时候要他睡觉，他不想起床的时候非要他起床，他不想上学时催他上学，他不想干什么，父母就要他干什么。他对自己的父母满意吗？他当然更喜欢那些对自己毫无要求，单纯跟自己玩，进行情感交流的大人。他只是坦诚地表达出来了。

就在那个晚上，我感觉自己投掷了无限的深情于虚空……这几年浓烈的情感，最终消失在我们关系的尽头，在宇宙的黑洞，在不知何处，变为虚无，变为幻想与空白。

大人，比孩子更加幼稚。这是我养小孩得出的结论。大人有更多的不可理喻，而孩子只是就事论事。他们即使有情绪也是因为事情本身，而大人则有很多的借题发挥、很多的混乱投射，还有很多的想象。

大人也比孩子更残忍。那次风波之后，我理所当然地悄悄减少了小孩与这位朋友的往来。这是大人可以轻易做到，而孩子甚至无法意识到的事情。过了一年多，这位朋友有一天忽然说，她想生一个自己的孩子。

我有时会想，自己那次到底做了什么？我好像揭示了亲子关系里一些残酷的东西：父母对孩子的占有；孩子对父母的蔑视。另一个女人被唤起情感然后又丧失的过程，又使她意识到了什么呢？她竟然因此意识到了自己长期被掩盖的需求？还是这个需求是在那件事中被创造和发明出来的？

那件事成为我育儿生涯中一个黑暗的故事，但是一个文学的故事。我总想着有一天或许会把这个故事写成小说，但从谁的角度来写呢？孩子让我感觉到另一种以前未曾想到过的"人的复杂"，也让我触摸到一直在回避的某一个自我：我并没有那么洒脱。我对亲子关系并非真正的松弛。我也有想从他身上得到的东西。在他不愿意跟我走的那一刻，我产生了极度的后悔，后悔生下孩子。我没有因为生育造成的失去自由、时间和金钱而后悔，没有因为被牵绊的生活而后悔，没有为被损毁的身体而后悔……我为小孩不够爱我而后悔。原来我汲汲以求的，竟然是从孩子身上获得爱。

在认识到那个丑陋自我的一瞬，我感觉无数的自我向我展开。我们总是说："孩子让我失去了自我。"但"自我"到底是什么？我们真的完全了解"自我"

了吗?我们的"自我"是虚构的还是真实的?有没有可能孩子会让我们袒露出从未意识到的"自我"?

总说"养儿才知父母恩",然而我是在生了小孩之后,才知道所谓"养育之恩",其实是父母的一种自恋。父母从孩子身上得到东西,是孩子赤诚给予的;孩子从父母身上得到东西,却伴随着无尽的条件,隐含着无尽的期待。孩子让父母体验到了真正的爱、纯净的神性以及全能的感受,父母又让孩子体验到了什么呢?大人真的觉得自己给了孩子完美的爱吗?我们真的给了孩子想要的一切吗?或者说,我们给的,是孩子想要的吗?他真的从我们身上得到了满足吗?大人的爱总是包含着杂质,我想孩子很小就明白了。

小孩很多次问我们:"如果你们爱自己的小孩,为什么要凶他?""如果你们不喜欢小孩,为什么要生?"他毫无畏惧地直接问我们这些无法回答的问题,他要求我们交出更好的、更诚实的爱。

而更好更诚实的爱里或许就包含着接受"总有一天他会不爱父母"这个前提。孩子会献出纯净的爱,父母则给出漫长的爱。这是我们的交换条件。总有一天,孩子会走出家门,寻找更多的爱,甚至经常会忘记自己的父母,就像现在的我们一样(我们现在每年见父母几次？）。孩子需要各种各样的爱，仅仅是父母的爱并不够。甚至，孩子想要的爱也未必是父母以为的爱，也并非父母给出的爱。父母认为自己是孩子的一切，而事实上，父母最终只会变成孩子生活中最小的一部分。接受这种错位是亲子关系中最艰难的一件事。

小孩渐渐长大，开始喜欢说："我有自己的情感！"

我去幼儿园接他，旁边一个男孩隔空向他挥了两拳。

我："他为什么要这样对你呀？"

小孩："他在锻炼身体吧。"

我："如果他真的打你，那是绝对不可以的哦，你要制止他。"

小孩："我不想那么做，因为我喜欢他。"

我："你喜欢他，他也不可以那样对待你。"

小孩："这是我自己的情感。"

他把一切都视为"自己的情感"。他想对自己的情感拥有完全的自主权。即使这种情感未必是正确的、客观的、有益的。

小孩还会忽然谈起我毫无印象的事情与细节。那些他受到情感冲击的时刻,那些他莫名其妙记住的场景,是我进不去的一个空间,他拥有完全的决定权。而另外那些我们为他设置的重要时刻——庆祝、欢乐、美食、旅行,他都未必记得住。他的大脑自行选择要记住的东西。小孩还会记得那些匮乏的、失望的、痛苦的时刻,我们多半不记得,甚至根本不了解孩子的想法。

我们拼命想记住,用尽各种方法:谈论、分享、拍摄。尤其是手机的存在,使我们可以记录下孩子的一切。如果没有手机,谁还会清楚地记得他的笑声、他的哭泣,他在草地上打滚、躲进窗帘、搭建起第一个积木建筑……他的表情、动作、声音……如果没有手机,这些都会在我们的脑海中变形以至遗忘。但也不等于拍下来的就是真实的。拍摄是大人选择的时刻,也是大人选择的记忆。被拍摄的人在想什么?没人知道。总有一天他会自己讲述出来,吓大人一跳。

我妈妈总觉得她教了我很多,所以我才会读书还不错。但我对此毫无印象,也不太相信。因为我妈妈就只有初中学历,但她在自己的记忆中对我进行过很多重要的早教,所以她也要求我这样教育自己的小孩。而我对父母的印象则是,他们很少管束我,他们会陪我玩。有一天我早上起来对妈妈说不想去上学，她竟然同意了。我脑海中的父母和我父母心中的自己，完全是两种人。父母沉醉于对孩子的教育，我却总想着父母最相信我的时刻。我认为妈妈对我放手的时刻，是她最爱我的时刻，也是我最尊敬她的时刻。

在我意识到孩子与父母无论多么亲密也依然存在于各自的时空时，我来到了作为妈妈的新阶段：先是毁灭，然后重建——先是毁灭掉不曾成为妈妈的我；然后日复一日，年复一年地毁灭掉我对"妈妈"这个身份最初的认知；接着就像年轮一样，我每年不得不随着小孩的变化而变化，随着小孩的成长而成长。这种必然的重建，也是育儿的一部分。小孩变成新的人，我也成为新的我。当我意识到妈妈与孩子之间也存在着一个不可消灭的黑洞时，我才能转头更加理解"妈妈"为何物。

随着小孩长大，我也渐渐感受到他在以自己的方式爱我。他返还给我爱，以非常慷慨的方式。他还带我去领略我生活中缺失的东西，以全新生命的视角。

有一次我把小孩从浴室里抱出来的时候，他忽然问我："妈妈你是不是撞到手了？"

我自己都没注意,被他一问,才觉得确实有点痛。

小孩:"我看那个门的角度,感觉你应该撞到手了。"

我:"好像是呢。"

小孩:"严重吗?疼不疼呢?"

小孩先于我自己感受到了我撞到手的事实,予以关心,这种体验甚至让我惭愧。

有一天,我陪他出去玩,对他说:"你去骑车吧,我在这里等你,顺便去拍一下花!"我拿起手机爬上一个矮矮的墙去拍花,转头发现他又骑回来了,在下面看着我。

"你担心我哦?"小孩点点头。我想要他爱我,而他确实爱着我。以他自己的方式,而不是以我想象的方式。

我是一个完全不会画画的人,上小学的时候,老师要我们画桌子,我无法在一个平面上画一个立体的东西。从此之后我再也没画过什么,并且没有任何上美术课的记忆。反正我从小受的教育里,美术和音乐本来就不占什么位置。我长大后也对绘画毫无感觉。

然而我的小孩,他很想要用自己的手创造出点什么。有段时间他疯狂捏黏土,用黏土捏出怪兽、昆虫和各种奇怪的物体。我觉得很神奇，从无到有捏出一个东西是什么感觉，我完全不懂。观察他捏黏土的过程，我也感觉到一种喜悦。后来他开始画画，随时都会拿起一支笔开始画，有时是乱画，有时就画得比较精细。他画画，是因为他要建构一个自己喜欢的世界，画的东西都来自他脑海中的想象。我经常被那种生动所震惊。恰恰因为我自己完全不会画画，所以格外震惊。

我经常会想那是一种什么感觉？就是你想到一个东西，就能在纸上画下来；你看到一个立体的东西，也能将之变成平面的物品画下来。那是一种什么感觉呢？一点也不会画画的我，至今也不会画四条腿桌子的我，在看着小孩画画时经常会这样想。然后我会仔细看他画的线条，想知道为什么我会觉得很生动。因为他，我开始看各种艺术作品，有时拿去问他喜欢哪些，和他交流对画的看法。

这个时候我才意识到，原来小孩还给予了我这个：我通过他进入了我从未进入过的世界。

想到我生育之前，在我最纠结的时候，我的一个朋友是极度坚定地支持生育的人。她对我说："生育会让你体验一种全然的爱。而这种爱是你在其他任何地方都无法体验的。"这位朋友在几年之后知道孩子的一个秘密时，崩溃了。她崩溃的不是对孩子的想象忽然破灭，而是她一直认为自己与孩子亲密无间，但孩子从未想过向她坦白。她认为的亲密关系在孩子眼中或许并非如此，孩子把她当作需要隔绝的人之一。

但即使如此，即使她为此崩溃了，也还在努力调整自我，并希望能够更多地帮助和支持孩子，即使带着某种痛苦与失落，也还要从被击碎的身上打捞起足够的爱意来应对。我从她身上理解到，无论孩子如何，至少从妈妈的角度来说，这份"全然的爱"是有效的、真实的。孩子会让普通人在某些时刻感觉到自己身上的"神性"，那也是非常特别的体验。这种爱的坚定，是对自己的试炼。

我也在自己身上，反复感受作为妈妈的情绪流转。我时而理性，时而感性；我有时厌倦，有时又感激。那种叫作"母性"的东西，到底是什么？母性在传统的目光中既崇高又廉价：崇高是呼唤牺牲，廉价则是对它的评价。人们认为母性是一种扁平的、简单的、没有深度而且俯拾皆是的东西。但我现在觉得，母性是如此深刻又丰富，黑暗又庞大，需要探究的内容无穷无尽。母性是一种选择，以自由为基底，更是彻底的创造。母性之复杂，每个妈妈都拥有对它的阐释权，只是这种阐释权之前没有掌握在我们手上。而它应该由我们自己来讲述。

爱与依恋，承担与拒绝，当然也有恨和悔，有无数挣扎的时刻。最终我与小孩以爱着彼此的姿态，走向各自的人生。

有一天我和小孩一起走在路上，看到了一个白头发的人。小孩说："她应该很老了吧？因为她的头发完整地白了。"我说："以后我也会变得这么老，头发全部白掉。"

小孩说："你的头发全部变白，我也会认得你。我会一直一直记住你。"

距离那个晚上已经过去了许久，我和小孩的关系变得更牢固了，但我的渴望已经与当时完全不同。我与他的关系更深刻了，却感觉自己更自由了。我在内心默默地想：你现在还不懂，但没有关系——

总有一天，我们的分离要比相聚更久。

后　记

2023年夏天，一位编辑朋友带着同事来与我见面吃饭，问起我的写作计划，我犹豫地说："我想写一本关于生小孩的书，但这会有意思吗？"我说了大概的想法，对此感到很不确定，毕竟，无论是"生小孩"还是"当妈妈"，似乎都令人感到陈旧又厌烦。然而这两位女性，虽然还没有生育，却异口同声地说道："我觉得很有意思。"

于是我带着依然不确定的心情去写这本书，一本关于生小孩的书，一本关于当妈妈的书。等我真的写起来，发现这件事如此庞杂，我只能写出其中的一部分。因为它不仅关于我，关于小孩，还关于时间。我时时感到，"妈妈"这个词语是那么无尽，而我能说出的东西又那么有限。并且，事情还在变化——小孩每天都不一样,妈妈每天也会不一样。

我本来想写"生育中的女性主义",但最终写了自己。我把自己仔细且艰难地剖开。我想将自己作为一个样本,有可能是一个新一点的样本,也有可能并不是。我有很多女性读者,她们有些当了妈妈,有些没有。当了妈妈的人想要获得理解,而没有当妈妈的女人们,有些已经下定决心将这件事从人生中排除,有些还在犹豫,有些则感到纠结甚至恐慌。我既想写出生育这件事对于女性的不公,也想告知别的东西。如果一个女人不想生育,我想说那是完全正当的想法;如果一个女人想生孩子呢?那么我想告诉她这里面究竟有些什么,她可以去选择自己能够承受的。

另一位编辑读完这份书稿之后,给我写了一封信,她写道:"哪怕是再坚定的不育者,脑内似乎也曾闪过其他的选项。而这也正是为什么我们今天需要这么一本书,以坦诚和勇气,直面生育的抉择和过程。……这本书不为那些冲在最前面发声控诉的女性而写,而是写给那些在纠结中度过无数个无眠之夜的'沉默的大多数'。"

我也曾是"在纠结中度过无数个不眠之夜"的人,

最终决定生育时也并非果断而快乐的。怀孕后，有段时间我觉得自己亲手把生活毁掉了，然而后来生活又一点点回到了我的手里，以更复杂的面目。想起当时自己生小孩的理由，不过是因为写作生涯眼看没有希望了。没有想到的是，因为生了小孩，我反而写了一本不一样的书，将自己的作者生涯延续了下来。在小孩逐渐长大，开始看得懂书的时候，我有时会想，我以后的读者里会有我的小孩。我至今还不知道这句话对我来说意味着什么，但这份想象给予我激励，赋予我不一样的视野。

我写这样一本书，是为了说"不要害怕"。每次别人问我为什么一直不想生育，却又在36岁生了一个孩子，我都会说："因为软弱。"我接受了这一点，接受了面对庞大复杂的生命与生活而产生了软弱，索性将自己投入其中的心。我相信有很多女性可以去享受勇敢而自由的生活，也相信很多女性有着想要建立新关系的愿望，无论是与男人、女人还是孩子……我们要相信自己的能力与智慧，只要这份选择是为自己而做。

女人们正并肩走在一条新的路上。这种新并不因我们是否结婚、是否生育而改变。女性要共建一种新的生活,这种新生活可能有多种多样的形态,但需要改变其中很具体的机制。如何识别、认知,然后以我们希望的方式进行?或许有了对"旧"的觉察,我们就可以去创造"新"。现在我是这样认为的。

这本书最终是在很多女性朋友的鼓励和帮助下写完的。这其中有妈妈们,也有很多未婚、未育的朋友。她们认为这份经历值得书写,于是我拿起笔,替我们诉说。

"在完全无法预期的未来中,即便为不明原因的心虚与恐惧所苦,还是努力走到这一天。"

并且我们还要继续走下去。

图书在版编目（CIP）数据

无尽与有限：36岁当妈妈 / 荞麦著 . -- 北京：北京联合出版公司, 2024.10（2024.11重印）. -- ISBN 978-7-5596-7759-4

Ⅰ. I267.1

中国国家版本馆 CIP 数据核字第 20249GX657 号

无尽与有限：36 岁当妈妈

作　　者：荞　麦
出 品 人：赵红仕
策划机构：明　室
策划编辑：陈希颖
特约编辑：陈希颖　孙皖豫
责任编辑：周　杨
装帧设计：陆智昌

北京联合出版公司出版
（北京市西城区德外大街83号楼9层　100088）
北京联合天畅文化传播公司发行
北京市十月印刷有限公司印刷　新华书店经销
字数130千字　787毫米×1092毫米　1/32　8.5印张
2024年10月第1版　2024年11月第4次印刷
ISBN 978-7-5596-7759-4
定价：58.00 元

版权所有，侵权必究
未经书面许可，不得以任何方式转载、复制、翻印本书部分或全部内容。
本书若有质量问题，请与本公司图书销售中心联系调换。
电话：(010) 64258472-800